高高山頂立　深深海底行
gaogaosky.com

樱园沉思

从夏目漱石到村上春树

肖书文 著

中央编译出版社

图书在版编目（CIP）数据

樱园沉思：从夏目漱石到村上春树 / 肖书文著. --
北京：中央编译出版社，2017.4
ISBN 978-7-5117-3314-6

Ⅰ. ①樱…
Ⅱ. ①肖…
Ⅲ. ①小说研究—日本—现代
Ⅳ. ①I313.074

中国版本图书馆CIP数据核字（2017）第078680号

樱园沉思：从夏目漱石到村上春树

出 版 人：	葛海彦
出版统筹：	贾宇琰
责任编辑：	邓永标
执行编辑：	舒　心
责任印制：	尹　珺
出版发行：	中央编译出版社
地　　址：	北京西城区车公庄大街乙5号鸿儒大厦B座（100044）
电　　话：	（010）52612345（总编室）　（010）52612371（编辑室）
	（010）52612316（发行部）　（010）52612346（馆配部）
传　　真：	（010）66515838
经　　销：	全国新华书店
印　　刷：	北京文昌阁彩色印刷有限责任公司
开　　本：	880毫米×1230毫米　1/32
字　　数：	171千字
印　　张：	9
版　　次：	2017年4月第1版
印　　次：	2017年4月第1次印刷
定　　价：	39.00元
网　　址：	www.cctphome.com　邮　箱：cctp@cctphome.com
新浪微博：	@中央编译出版社　微　信：中央编译出版社（ID：cctphome）
淘宝店铺：	中央编译出版社直销店（http://shop108367160.taobao.com）
	（010）55626985

本社常年法律顾问：北京市吴栾赵阎律师事务所律师　闫军　梁勤
凡有印装质量问题，本社负责调换，电话：（010）55626985

桜園物思い

目录

001　序　邓晓芒

Ⅰ 源

003　东西方四种神话的创世说比较

016　析日本文学中的"物哀"
　　　附录　瞬间的永恒　《舞会》读后感

034　从《古事记》看日本妇女性格的形成

Ⅱ 作品

059　森鸥外《高濑舟》的寓意

070　夏目漱石《梦十夜》解读

086　论志贺直哉《在城崎》中的死亡意识

099　试论芥川龙之介《鼻子》的深层意蕴

111 试论芥川龙之介《地狱变》中的心灵冲突
　　　兼与西方悲剧精神比较

126 论芥川龙之介小说中的人性边界

146 从畸恋中升华
　　　读谷崎润一郎的《春琴抄》

154 玉铃的传说
　　　川端康成《玉铃》的思想和艺术特色

160 太宰治《富岳百景》解读

168 宫泽贤治《要求多的餐馆》的象征意义

172 木下顺二：夕鹤归来

175 星新一微型小说管窥 二题

180 大江健三郎《饲育》中的人道情怀

Ⅲ　释疑

191 村上春树《挪威的森林》爱情观探析

218 志贺直哉和郁达夫小说比较研究

248 太宰治《越级申诉》对《新约》中犹大形象的翻案

275 后　记

序

  今天的中国人一提到日本人，脑海里马上就想到"经济动物"，正如半个多世纪前想到"鬼子"一样。但是这一代的年轻人已经不知道，二十世纪初日本曾经是中国知识分子追求国家富强之道的圣地，大批留学日本的青年学子除了在那里学到了一些现代科学技术的知识和技能外，更多的是感受到了一个新兴民族的那股强劲的活力。当年的日本是中国人窥探和接受西方文化的窗口，也是中国人学习如何使自己的国家崛起的老师。日本人一千多年来是中国文化的小学生，这一历史事实使得中国人在日本文化面前更少防范、更有自豪感。但与此同时，我们也很容易忽视日本文化自身固有的特点，在东亚文化表面的共同点的掩盖之下，往往对日本思想中那种不同于中华文化的独特之处感到困惑不解，而在同样接受西方文化的影响的过程中，对于日本文化精神本身给这种接受所带来的特异性也视而不见。因此，在今天我们和这个"一衣带水"的邻邦的文化交流与互动中，常常会感到别人了解我们要远胜于我们了解别人。撇开器物的层面不谈，两种不同文化之间的交往最有效、最深入人性的深处的媒介就是文学了。文学即人学，看一个民族的人性发展态势，最直接的反映就是这个民族的文学思潮。但长期以来，我国对于日本文学总体来说是介绍的多，评论的少，评论得深刻和精确的更少。现在摆在我们面前的这本小书，应该说属于少数对日本文学做出富于思想性的深入评论的作品之一，是比较难得的。

该书从宏观出发，首先把日本文化放在东西方以及中日对比的大视野中加以定位，然后依次评论了十几位在日本最享有盛名的优秀小说家的作品。这些评论的一个重要的特点在于，作者不限于单纯从文学创作技巧的眼光来分析一个个的文本，而是深入作品底下的思想境界和心灵冲突，展示出评论者对原作者的内在精神的领悟、理解和挖掘，富有沉思的意味。本书作者所瞄准的问题很多都属于日本文学史上的难题，有的甚至是谜题。例如对森鸥外《高濑舟》和夏目漱石《梦十夜》的解读，这在日本评论界都是难以把握的主题，作者却透彻地揭示了其中的生命哲学和历史文化意味；又如对芥川龙之介《地狱变》的解读，作者在中日各家众说纷纭的观点中独辟蹊径，阐发了其中的悲剧意识和人类精神冲突的矛盾本质；而对当今流行世界各国长盛不衰的村上春树的《挪威的森林》，作者也通过"爱情观的成长"这把钥匙，揭开了令村上本人苦恼并让众多评论家感到困惑的"成长小说"之谜。作者还从《古事记》中揭示出日本妇女传统性格形成的根源,从日本传统文学的"物哀"与中国传统"感物伤情"的比较中凸显了中日两大文学传统审美意识的细微区别,如此等等。所有这些都表现出作者在面对这些困难主题时的独到见地:着眼于日本文学中所体现出来的思想深度和精神形态,包括人生观、世界观、道德观、爱情观、审美观和宗教观等,属于对文学作品的思想评论。

  本书的另一特点是,文中对作品的所有的文学见解都不脱离文本,而是建立在对文本的分析之上。这本来是做文学评论必备的基本常识,但在今天,文学评论中充斥着离开文本作天马行空的思想遨游的作风,用一些连自己都不甚了了的外来名词和术语填充版面,掩盖内容的贫乏。本书没有这种毛病,而是十分朴实地就作品谈作品,一切思想的发挥都有文本的根据。因此,本书看起来是一种学术性质的研究,而且常常免不了引经据典,将视野拓展到中外学者对某个问题的观点;其实是很好读的,它带领读者进入文学作品的字里行间,把那些精彩段落向读者指点出来,而把那些难点和晦涩之处用通俗的语言加以化解,祛疑解惑。现代人生活节奏很快,很难停下来对某个问题冥思苦想,而本书则恰恰在形式上和内容上都具有"短平快"的特点,颇具可读性。形式上,本书大部分文章都是短文,最长的是一万多字,一般都是三五千字甚至一两千字一篇，言简意赅。内容上，每篇文章都是一气呵成，对一些深层次的问题点到为止，发人深省。这与本书各篇文章的性质有关。

实际上，本书是作者多年来从事日本文学教学的结晶，听众是日语系的本科生和研究生，所用的教材都是日本作家的作品的日文版。常常是每次课讲一个或两个短篇，最后三篇文章则是作者对她所带的研究生的硕士论文加工而成的。虽然硕士论文是由硕士生自己用日文完成的，但作者不仅对其中日文的表达和行文进行了详细的批改，而且对文章的主题思想和思路从头至尾都做了悉心的指导，并与研究生就该主题进行过反复的讨论，译成中文后又经作者按照发表论文的要求做了全面的修改和压缩，倾注了作者大量的心血。这里的这些评论读来都通俗易懂，因为要在课堂上让本科生听懂、让硕士研究生能够领会，就不能过于艰深；但每篇论文都显得不同凡响、见解独特。作者本来想，这些文章反正大都已发表过了，并没有将它们集结成书的意思。但我极力建议她还是搜集一下，把这些风格和思想基本一致的作品集中在一本书中体现出来。因为以前发表时并不注重刊物的影响力，也很零散，拉的时间很长（有的相隔达15年以上），形不成一个有分量的印象，现在让它们就这样散落在各个角落，可能就消失得无影无踪了，殊为可惜。经过作者多方搜寻，甚至还翻出了遗忘在抽屉和柜子深处的多年前的手稿，才编成了目前这本篇幅不大却极有特色的小书。据我所知，国内从这种人性和人生哲学的角度来分析日本文学作品的评论似乎还不多见。其实，不论哪个民族的文化，都包含有一些人类共同的东西，是需要从各个不同文化的角度来加以反思和提升的。这种工作不但是我们了解异民族文化所必需的，同时也是我们了解自己的一个重要的参照。

邓晓芒　2016年12月22日　于武汉

桜園物思い

I

源

From Natsume Soseki to
Haruki Murakami

东西方四种神话的创世说比较[*]

一个民族的神话,通常蕴含着民族性格的最深刻的萌芽,它一直影响和支配着民族精神后来的一切发展。本文试图对中国神话与日本、希腊、犹太神话在"创世纪"问题上的异同,作一个类型学上的比较,将日本和中国神话归于"远东神话",把希腊、犹太神话归于"远西神话",从这四个不同民族的创世神话中归纳出四种不同的创世模式或世界观模式,它们对我们研究东西方民族的文化心理具有重要的参考意义。

---

[*] 本文原发表于《湖北大学学报》2001年第6期,署名为"邓晓芒、肖书文"。

一

日本古代神话在公元8世纪成书的《古事记》中有系统的描述。关于创世纪，或世界的起源，《古事记》中是这样说的：

很久很久以前，世界还是刚刚开始。那时，虽然还没有天地之分，天之御中主神就已经在天的最高处高天原诞生了，他是世界的中心。接着诞生的是高御产巢日神和神产巢日神，这两个神在世界上担任着要职。

世界之初，高天原在最高处。地呢？就在水上，好像油漂浮在水面上那样。它像海蜇一样到处漂流，无依无靠。在这里又有两个神诞生了。他们生气勃勃往上猛长，就像沼泽边的芦苇芽，到了春天就一齐往上冒一样。同时，那像油一样黏糊糊的地也渐渐凝固起来，直到最后变成像土地一样的东西。在这之间，男神和女神不断出世，经过了七代。最末出世的，是一个叫伊邪那岐的男神和一个叫伊邪那美的女神。

这时，高天原最伟大的天之御中主神就命令这两个神说："地面还像油一样没有完全凝固，你们要把它改造好，让人能够居住。"说着，送给他们一把漂亮的天沼矛。接受命令后，这两个神站在天地之间的浮天桥上俯瞰海面，把长矛戳进像油一样漂浮着的地上不停地搅和。那些地方本来稀如清水，后来慢慢凝固成形，像冷却了的油脂。最后，当他们把长矛从海里抽出来，一滴滴浓浓的海水从矛尖上滴落下来，不断地堆积，终于积成了一个岛，他们把这岛叫作"自凝岛"。

后来，这两个神在这里结了婚，生下了一连串的岛屿和具有专职的神（家神、河神、海神、农神、船神、食物神，等等）。[1]

在这段神话里，要特别注意的是：

（1）最高的神天之御中主神是在世界刚刚开始时和世界一起诞生的；

（2）他诞生在天的"最高处"（高天原），又是"世界的中心"，因此可以把整个世界想象为一个圆锥体（如同富士山）：从上面看，其顶点是圆的中心，从旁边看，则是最高处；

（3）地是后来产生的，产生后，仍随波漂流，且不成形，须待天神们来将它固定起来；

（4）早期的神并不一定有（或不强调）血缘关系，天之

1〔日〕福永武彦：《古事记故事》，东京：岩波出版社1962年版，第1页。

御中主神并没有说是谁生的,也没有说生出了别的神,后来的神是"像沼泽边的芦苇芽,到了春天就一起往上冒",是自己长出来的,血缘关系一直到伊邪那岐男神和伊邪那美女神结合后才明确提出来;

(5)这些神具有等级关系,如天之御中主神有权"命令"伊邪那岐和伊邪那美去改造地面,并以天沼矛作为授权予他们的标志。这种权力似乎不是来自血缘、辈分,也不是来自实际的武力征服,而只是由于时间上在先、空间上"最高"而固有的。

我们再来看看中国古代的创世神话。其中最著名的是"盘古开天地":

> 天地混沌如鸡子,盘古生其中。万八千岁,天地开辟,阳清为天,阴浊为地。盘古在其中,一日九变,神于天、圣于地。(《三五历记·艺文类聚》卷一)
> 盘古死后,化身为万物。(《述异记》)

中国著名神话学家常任侠、袁珂均认为,盘古即人类的始祖伏羲氏[1]。关于伏羲氏与女娲氏,有以下传说:

> 昔宇宙初开之时,有女娲兄妹二人,在昆仑山,

---
[1] 袁珂:《古神话选释》,人民出版社1979年版,第47页。

而天下未有人民。议以为夫妻……其妹即来就兄。(《独异志》卷下)

而女娲也是一位创造的女神：

娲，古之神女也，化万物者也。(《说文》卷十二)

据袁珂解释，"化"即"化生"，孕育。[1]

有神十人，名曰女娲氏之肠，化为神，处栗广之野，横道而处。(《山海经·大荒西经》)

又传说女娲氏"抟黄土做人"。(《太平御览》卷十八)

在这几段神话里，应该注意以下与日本神话不同之点：

（1）世界最初一片混沌，状如鸡子，无所谓高、低，最初的神生于其中心，由他来分出世界的高低，他本身并不居于高处，而是居于天地之间；

（2）盘古并不因其居高位而获得其神圣性，而是因为他是天尊地卑的设立者、创始者才"神于天、圣于地"，他的权力不在于命令别人改造天地，而是身体力行，是一位劳动创造之神，他的崇高性则在于他（或女娲）是化生万物者，是一切

---

[1] 袁珂：《古神话选释》，人民出版社1979年版，第19页。

自然、神、人的祖先神；

（3）强调最初的神及他们与自然万物（包括人类）之间的血缘关系、化生关系，等级关系则是建立在自然血缘关系之上的。

但中、日神话有几点是共同的：

（1）天与地本身并不是神，而是神活动的环境、地方，是大自然；

（2）神也没有创造出大自然，而是居于大自然之中，改造了大自然；

（3）神之权力和崇高性主要体现在为人类谋福利上，如天之御中主神命令伊邪那岐和伊邪那美改造地面，"让人能够居住"；盘古开天地，女娲补天，伏羲画八卦、结绳记事及制作各种工具，都是为人类造福；神具有人类的道德观。

上述几点，只要将日、中神话与希腊、犹太神话作一对比，即可进一步明了。

希腊神话中关于世界诞生是这样说的：世界在产生之前存在着混沌的空间，即卡俄斯（Chaos），它生出了地神该亚（Gaea）、黑暗神厄瑞玻斯（Erebus）、爱神厄洛斯（Eros）、地狱神塔耳塔洛斯（Tartarus）、黑夜神倪克斯（Nyx）；该亚生乌剌诺斯（Uranus）即天、蓬托斯（Pontus）即海以及时序女神；该亚与乌剌诺斯结合（这是首次男女神结合生育）生提坦神族（Titans），其中包括克洛诺斯（Cronos）。传说乌刺诺斯把自己的孩子们囚禁在地下，孩子们呻吟不已。该亚很伤心，她怂恿小儿子克洛诺斯起来反抗父亲。克洛诺斯用神力的镰刀阉割了乌刺诺斯，扔进海里，取代父亲成了天神。乌刺诺斯的血形成复仇女神，其肉激起的浪花中产生了美神阿芙洛狄忒（Aphrodite）。

以克洛诺斯为首的提坦神族统治后来被以宙斯（Zeus，克洛诺斯的儿子）为代表的新神推翻。提坦神之一普罗米修斯（Promethus）为了报复而支持人类反对众神，传说他用泥土造人，教给人各种技艺，并盗火给人，因而受到宙斯惩罚。[1]

在这里须注意的是：

（1）自然界不是神所居住的地方，它本身就是一个神的家族。每种自然现象就是一个神，每个神代表着一种自然现象，甚至本身就是一种自然现象，其中不仅包括实体性的自然现象，也包括某些抽象性质（时间、空间、黑暗、爱，等等）。每个神都具有这种自然现象的性质和个性。

（2）这些神都是人格化了的，他们通过生育而构成严格的家谱（神谱）体系，具有普通人的情感、思想、行为和相互关系。神、人同形同性。

（3）位置最高的神（天神）权力也最大，地母和地狱之

---

[1] 以上参看〔苏联〕M.H.鲍特文尼克、M.A.科特：《神话辞典》，黄鸿森译，商务印书馆1985年版。

神则是受难受压迫的象征。但天神的权力不仅来自他的地位，而主要来自他的威力，因此他有可能被更强大的力量所推翻，其地位因而就被取代。

（4）神虽与人同性，但不具人的道德性，他们并不有意造福人类。普罗米修斯造福人类只是为了跟宙斯作对。

犹太圣经（《旧约》）中的创世纪则与此又有不同：

> 起初上帝创造天地。地是空虚混沌，渊面黑暗；上帝的灵运行在水面上。上帝说"要有光！"就有了光。上帝看光是好的，就把光暗分开了。……
>
> 上帝说："诸水之间要有空气，将水分为上下。"上帝就这样造出空气……事就这样成了。上帝称空气为"天"。……
>
> 上帝说："天下的水要聚在一处，使旱地露出来。"事就这样成了。上帝称旱地为地，称水的聚处为海。上帝看着是好的。……
>
> 上帝说："天上要有光体可以分昼夜、做记号、定节令、日子、年岁；并要发光在天空，普照在地上。"事情就这样成了。……
>
> 第五天上帝创造了动物。到了第六天，上帝说："我们要照着我们的形象、按着我们的样式造人，使他们管理海里的鱼、空中的鸟、地上的牲畜和全地，

并地上所爬的一切昆虫。"上帝就照着自己的形象造人,乃是照着他的形象造男造女。

上帝看着一切所造的都甚好。……第七天上帝就休息了。

这里有几点明显的不同:

(1) 整个世界、天地万物,全是万能的上帝七天之内从"无"中创造出来的。上帝创世不用劳动,也不靠生育,只需一句话、一个念头、一个意志。

(2) 上帝是唯一的神,是一个精神的本质,他的权力和威力不体现在雷、电等自然力量上,而主要体现在精神力量如语言和意志之上。

(3) 上帝与人同性,但不同形,上帝没有物质的肉体,他"照着自己的形象"造人、"造男造女",指的是精神的形象。

(4) 上帝具有超越人的道德性,他不是为了人而创造世界的,相反,他造人是为了派他们去管理他所造成的世界。上帝创世没有目的,只是因为他"看着是好的",他的意志是绝对自由的。

由这些可以看出,希腊神话与犹太神话的区别在于:前者是多神的,后者是一神的;前者是自然的神或带有自然性的神,后者是纯精神的神;前者是力量型的神,后者是意志型的神;前者的神与人同形同性,后者的神与人同性而不同形;前者是世界本身的自然的象征,后者是外在于世界的创造者。

但二者也有相同之处:

(1)世界、天地、自然并不是神活动的舞台,它们要么人格化为神本身,要么整个是由神创造出来的。

(2)神并不有意识有目的地"改造"大自然,自然一旦产生和创造出来,就是如此,除非自己产生了矛盾,或触怒了神,才被改变或毁灭(如洪水的神话)。神不为人类服务,只按自己的意志行事。

(3)神不具有人间的道德,或只具有超人的道德。人的道德要服从超人的道德。神的行为不须在人面前为自己辩护,它建立在超越道德的力量和意志之上。

二

现在我们可以将这四种神话作一番更仔细的对比了。

首先,我们可以把日本神话和中国神话看作一个大类,称为"远东神话模式";把希腊神话和犹太神话看作另一个大类,称为"远西神话模式"。这两种模式按照神、自然、人三者的关系而有如下区别:

（1）在人、神关系上，远东的神虽然是至高无上的，但却是以人为目的、为人服务的，神总是首先引起人道德上的崇敬和爱戴；远西的神则并不以人为目的，也不为人服务，但却具有无上的威力，因此神首先引起人对力量的恐惧感，人将一切都托付于命运和神的好意。

（2）在神和自然的关系上，"远东神话模式"中的自然界总是神的恩惠的象征，因为它是经过神的改造而适于人生存的，神并不用自然界作为单纯的惩罚工具；在"远西神话模式"中，自然界是神的威力和万能的象征，它是神所交代的义务或惩罚的工具（雷电、洪水）。

（3）因此在人和自然的关系上，"远东神话模式"中的自然界是亲切的、日常的，它本身并不神秘，是可以按人的意志来改造的；"远西神话模式"中的自然界则充满了令人恐惧的奇迹和灾异，具有分裂的面貌：它要么代表神的权力和力量，带有非日常的神圣性；要么则是对神的叛逆，因而带有罪恶的色彩，因此人在自然面前是小心翼翼的、陌生的。

其次，我们还可以看出，这四种神话又各自有其不能纳入任何一个模式中去的个性特点：

（1）除犹太一神教无从谈神的血缘关系外，其他三种神话都谈及神的血缘（神统）。中国人讲神统是为了排定其尊卑次序，血缘关系是等级关系的基础；希腊人讲神统是为了把握历史线索，等级关系来自血缘却不受血缘关系的限制（儿子可以比父亲更尊贵）；唯独日本神话是先有支配关系，后来这种等级支配关系才体现为血缘关系。

（2）所有这四种神话中都有"天尊地卑"的观念。但中国神话最初的神处于天地之间，死后也化为天地之间的万物，后来的神才专门选择天上作为自己的住所，祖先比天更尊贵；犹太神话中神最初在天地之外，《旧约》中上帝的一切奇迹和惩罚都是从天上降下的，但并未说明上帝住在天上，"天堂"的概念是《新约》中才明确的；希腊神话中天（乌剌诺斯）是地（该亚）的儿子，后又成为她的丈夫，天压迫地，但天神可以被其他天神所推翻取代，无绝对的尊严；只有日本神话，一开始只有天而没有地，天既是时间上最先，又是空间上最高，因此又是地位上最尊的，天之御中主神是一个没有任何作为，又永恒不变的神，除了"命令"外，他没有做过任何事。只有日本神话，把天奉为绝对的尊严。

（3）创世的过程：

中国：混沌——天、地——万物——人。

希腊：混沌——地（黑暗、爱、地狱、黑夜）——天、海、时序——提坦神族——新神、人。

犹太：无——地、水、黑暗、光——气、天——海与陆、植物——天体——动物、人。

日本：天——地、水——岛——与人生活有关之诸神。

日本神话尽管一开始就提到神为了人的生存而改造世界，但一直没有"造人"的传说，这是独一无二的。

（4）创世的方式：

中国神话是通过神的劳动，将世界改造成适于人生存的基本结构；

希腊神话是通过神的生育繁殖，产生了人类所见到的世界结构；

犹太神话是通过神的意志和万能，变出了包括人类在内的世界结构；

日本神话是通过神的指令和授权，将世界调节成为适于人类生存的结构。说"调节"是因为，它虽然也是"改造"世界，但不像盘古开天地那样是世界变化的最初动力，而只是在世界已发生了变化，有了天地之分、有了地面的飘浮和凝固的情况下，对这一变化过程加以控制和调整。

从上述四种神话的比较中，我们可以引出这四个具有典型意义的民族在后来的发展过程中所形成起来的民族精神的基因结构，这正是有待于我们进一步探讨的问题。

析日本文学中的"物哀"

日本文学中的"物哀",作为一种日本特有的审美情趣,是一个得到众多评论家反复讨论的问题。可以说,不懂得"物哀",也就不懂得日本文学乃至于整个日本文化,就不懂得日本人。本文试图在前人研究的基础上,进一步做出自己的分析,以把握"物哀"这一审美现象的深层本质。

一

日本著名作家、诺贝尔文学奖得主川端康成,曾将日本文

---

* 原载于《求索》2006年第3期,发表时有删节,这里是全文。

学中的"物哀"的美溯源于平安朝的《源氏物语》,此论早已为人们所公认。据研究,在《源氏物语》中直接用"物哀"一词为13个,而用"哀"字达1044个[1],形成了弥漫在整个《源氏物语》中的主要的审美情调。通常日本文学和日本人最常见的审美意识也总是带给人一种感物伤情的淡淡的哀愁,用"物哀"一语来概括也是极为恰当的。不过,川端的这一说法也引起了另外一种不同的解释。由于《源氏物语》的时代正是唐代文学大量传入日本的时代,因此有人主张,"不应过高估计日本文学的独立性和独特性。可以认为,日本'物哀'文学思潮是直接受到中国古代诗学中的'物感说'的深刻影响而出现的"。[2]这样一来,"物哀"作为日本文学独特的审美情调也就遭到了质疑。但从直接的审美感觉来说,"物哀"又的确是日本文学的一个不同于其他文学,甚至也区别于中国古典文学的明显的特点。所以叶渭渠先生说:"中国文化、文学对《源氏物语》的影响是相对的,并不起决定性的作用。"[3]如何理解由同一基点所引出的这样两种不同的看法?

我们可以从两个方面来看这个问题。一方面,从量和程度上来看,"物哀"的审美意识在日本文学中所占据的分量和地位是非同一般的。任何民族的文学相信都包含有一定程度的

---

1 参看林林:《日本文学史研究的新著》,载《中华读书报》1998年9月5日。
2 邱紫华:《东方美学史》(下卷),商务印书馆2003年版,第1139页。
3 叶渭渠:《日本文化史》,广西师范大学出版社2003年版,第127页。

感物伤情的抒情性,但似乎都不像《源氏物语》中那样一直从头贯到尾,成为笼罩一切的基本情调。日本文学中缺乏那种彻底放松的欢乐,即使有兴高采烈的时候,那背后也总是有一层淡淡的哀愁。所以有论者指出:"'物哀'除了作为悲哀、悲伤、悲惨的解释外,还包括哀怜、同情、感动、壮美的意思。"[1]换句话说,在中国传统美学中,"感物而哀"只不过是"人禀七情,应物斯感"(《文心雕龙·明诗篇》)中的一种情调而已,而在日本文学中,"七情"都是以"物哀"作为基调而感发起来的,甚至一切喜怒哀乐都是"物哀"。在平安时代日本文学的确受到了中国唐代文学的强大的影响,而其中,白居易的诗被当时的贵族阶层作为文学修养的通行教科书,《源氏物语》中直接引用白居易的诗就达20多处,白居易,尤其是他的《长恨歌》得到特别推崇。但为什么会这样?为什么另外一些在中国更有名气、艺术成就也公认为更高的诗人(如李白和杜甫)反而没有获得白居易这样的殊荣?这正是由于白居易的大量的诗作,尤其是他的那些哀怨的感伤诗和带有很大感伤成分的诗(如《长恨歌》),迎合了日本人最为敏感的"物哀"意识。而这种物哀在中国人的审美意识中,甚至在白居易自己的审美意识中,却反倒不怎么受到重视。如白居易历来以"新乐府运动"的代表的身份在中国文学史上得到定

---

[1] 叶渭渠、唐月梅:《物哀与幽闲——日本人的美意识》,广西师范大学出版社2002年版,第85页。

位,他自己的文学主张是"为君、为臣、为民、为物、为事而作,不为文而作也"(《新乐府序》),因此他"把自己的诗,分为讽喻、闲适、感伤和杂律四类,而特别重视讽喻,称它为'正声'"[1]。在《长恨歌》中一开始,白居易也是按照"讽喻诗"的套路来写的,但接下来就转入了"感伤"的路子,写到后来,感伤的情调越来越浓,一直到最后的"天长地久有时尽,此恨绵绵无绝期",达到哀伤的顶峰。然而,在不少中国文学史教科书中,《长恨歌》中最能体现"物哀"意识的这最后一段,即道士去"海上仙山"访问已经成仙的杨贵妃时,贵妃托道士给唐玄宗带回爱情的信物:"唯将旧物表深情,钿合金钗寄将去",却被人们有意无意地忽略了[2],并不认为是最高层次的审美意境。中国文学审美意识即使在欣赏感伤之美时,也忘不了"乐而不淫、哀而不伤"和"文以载道"的古训。相反,《源氏物语》中却两次提到《长恨歌》中的这一细节[3]。

这就涉及第二方面,即从情感的性质来说,日本人的"物

---

[1] 刘大杰:《中国文学发展史·二》,上海人民出版社1976年版,第310页。
[2] 如在刘大杰的《中国文学发展史》和中国社会科学院文学研究所编写的《中国文学史》(人民文学出版社1979年版,第455页)中,在论及《长恨歌》时均未提及这一细节;唯章培恒、骆玉明主编的《中国文学史》(复旦大学出版社1996年版)中提到这个细节,但强调的仍然不是"物哀",而是"情哀",归结为"这是一种深深的,又是只留下眷念而永远无法实现的情意"(参看第170页)。
[3] 〔日〕紫式部:《源氏物语》,丰子恺译,人民文学出版社2003年版,第9、第922页。

哀"和中国人所体会的"感物伤情"之间其实还是有微妙区别的。中国人的感物伤情，落实在一个"情"字上，情为主体，"物"只不过是表达情的一种手段，是依据情的性质、程度而可以任意选择的，什么样的情便选择什么样的物。所以苏轼说："君子可以寓意于物，而不可以留意于物。"[1]但对于日本人的物哀意识来说，情和物都是主体，情只有和物完全融为一体才构成物哀，因此选择什么样的"物"是有讲究的。并不是什么样的物都可以用来表情，在物哀的感受中，物本身的性质是特别关键的。日本人偏爱小巧玲珑、精致素雅、朦胧幽静、短暂易逝的物事，这当然与岛国的特殊自然环境有关；但日本文学之所以缺乏豪迈大气的篇章，并不全在于地理环境。例如日本虽没有大江大河，高山大漠，但有大海，有飓风暴雨、地震和海啸，这些自然景象在日本文学中却很少正面出现，而只是被看作不祥之兆和可怖的灾难。[2]川端康成的《雪国》描写的是温润美丽的静雪，有如经过温泉水洗浴的"越后女子的雪白的皮肤"，却见不到"战罢玉龙三百万，败鳞残甲满天飞"（黄巢）的景象。[3]日本文学中的"壮美"或"崇高"的审美意象主要是通过植物来表现的，如今道友信所言，

---

[1] 北京大学哲学系美学教研室编：《中国美学史资料选编》，中华书局1981年版，第33页。
[2] 参看《源氏物语》第十二、十三回，中译本见第243—247页。
[3] "《雪国》里对雪的描写是女性式的。没有所谓一夜下一公尺那样令人可怕的雪，猛烈的暴风雪，遍山轰鸣的雪崩等描写"，见进滕纯孝：《川端康成》，中央编译出版社1998年版，第300页。

"本来是指夏天茂盛地生长的荒草很高和特别地亭亭耸立的大树的高大吧"[1]。但植物再怎么高大,也是必然要衰朽死亡的,所以先天地蕴含着一种"哀"的思绪。这种哀就是这些事物本身的哀,而人的生命也和这溢满于自然界的哀愁相通相感。

不过,也正由于这种生命之悲哀并非从人对某件具体事物的感受而来,而是被体验为人和万物的根本存在状态,所以日本人的审美方式并不像中国古代文人那样预先有一种内在心志和情感倾向,然后去自然界找一种事物来表达这种情感,而是一种极其偶然的触发,在瞬间达到一种身与物化的哀寂。与中国古代审美意境相比,日本文学的境界更接近于王国维所说的"无我之境",中国古人则多为"有我之境"[2]。我们只要比较一下杜甫的名句"感时花溅泪,恨别鸟惊心"和松尾芭蕉的俳句"古池呀,青蛙跳入响水声"或"虽是夏天来,石苇依然只一叶",就可见出明显的差别。杜甫的"感时"与"恨别"是以"国破山河在,城春草木深"的凄凉现实感受为前提的,花的露珠和鸟的鸣声与这种心情本来毫无关系,但在诗人眼中却都像是在附和自己的情绪;芭蕉的俳句却更类似于禅宗

---

[1] 〔日〕今道友信:《东方的美学》,生活·读书·新知三联书店1991年版,第192页。
[2] 见王国维:《人间词话》:"有我之境,物皆着我之色彩。无我之境,不知何者为我,何者为物。"又说:"古人为词,写有我之境者为多。"载《王国维文集》,燕山出版社1997年版,第10页。

的偈语,是彻底排除了主观的情绪之后直接从自然现象中体验到的情绪,从中几乎看不出"拟人"或"移情"的痕迹。以这种标准来看,甚至陶渊明的"采菊东篱下,悠然见南山"也不能说完全是"无我之境",因为他在诗的前面说了,要达到这种"悠然"境界必须"心远地自偏";诗的后面又总结:"此中有真意,欲辩已忘言",仍然是从主观进入到客观,最后还是回到主观。显然,中国文学中即使有"物哀"因素,通常也只是作为某种具体情感的附庸而出现的,其归结点并不是"物哀",而是对"物"和"我"的遗忘,是闲适、旷达、自得其乐。日本人是无我则哀,哀为宇宙的本体;中国人则是有我则哀,无我则乐,乐才是宇宙的本体。

二

由此可见,日本文学中的"物哀"显然是受到中国唐代文学的刺激而形成起来的,但也并非没有日本民族自身审美意识的根基,而是有选择地接受了中国文学中的某些因素并加以发挥和扩展,在某些方面甚至朝着与中国文学不同的方向做了独特的引申。其实,我们在形成于日本上古时代、成书于公元712年的《古事记》中,就已经可以看到"物哀"意识的萌芽了。书中有好几个爱情故事都是以悲剧结局的,极为凄美哀艳。如天照大神的孙子火远理命与海神的女儿丰玉姬一见钟情,并结为夫妻,在海王宫殿里过了三年幸福生活。但由于太阳神的孩子不能在海里出生,怀孕的丰玉姬只好到陆地上来生产,并嘱咐火远理不要偷看,但火远理还是偷看了,发现妻子原来是一条大鳄鱼,吓得逃跑了。丰玉姬觉得很丢脸,便丢下孩子和丈夫回到海里去了,但却始终怀念自己的丈夫和孩子,于是通过自己的妹妹,两人互有诗歌赠答。[1]虽然互不相忘,但他们却并不作任何努力实现团聚,事情就这样不了了之,后来也没有一个好事者来续写他们重新团圆的故事。另外一个故事写木梨之轻王与自己的妹妹轻大郎女的乱伦的爱情,则结局更惨,轻王遭到流放,两人别离时留下了许多缠绵悱恻的情诗。多年后轻大郎女去流放地寻找哥哥,相见时又互相赠答,最后双双死在流放地。还有一个故事,写一位美丽的少女赤猪子在河边洗衣时遇见了天皇,天皇随口对她说了一句:"你不要嫁人了,我一定来接你",就回宫去了。赤猪子每天等待天皇的召见,一直等了八十年,成了一个老太婆,才去皇宫见天皇,向天皇说明原委,天皇大惊,向她赔礼和赠诗。这样一些绝望的爱情,在日本人的传统心理中都能够坦然地接受,并不认为有什么不对,也不埋怨命运的不公。他们只是反复地咏叹、吟唱、玩味,从中体会那种哀情之美。这种情绪与白居易

---

[1] 参看〔日〕福永武彦:《古事记物语》,东京:岩波出版社 1962 年版。

《长恨歌》的结尾恰好相吻合。这正如叶渭渠先生说的:"日本文学吸取和消化白居易诗文,是根据自己的审美价值取向,有所选择与扬弃的。"[1]

所以,在日本人心目中,"物哀"并不是一种人为的哀伤,而是事情的真相,是万物的常态。这种感受由于佛教"无常"学说的传入而被定型化了。在日本人的审美意识中,瞬间即逝的东西、永不再来的当下才是美的极致,无常就是常,瞬间就是永恒。为了美好的这一瞬间,人可以献出一切,甚至牺牲生命也在所不惜。例如,我们在芥川龙之介的小说《舞会》中看到,少女时代的明子与父亲一起去鹿鸣馆参加一场西式舞会,邂逅了一位英俊的法国海军军官儒理安·维奥,两人一同跳舞,一同吃冰激凌,一同观赏绽放在夜空中的焰火,互相都产生了一种隐约的爱慕之意。但是,看着飞向空中的五彩焰火,两人在欢乐的顶峰却滋生了一丝悲哀,他们同时都想到了一个主题:"像我们的生命那样的焰火"。三十年后,已经成为"H老夫人"的明子和一位文学青年谈起当年鹿鸣馆那一幕和那位法国军官,青年很兴奋地说:"那就是洛蒂!是那个创作《菊子夫人》的皮埃尔·洛蒂!"但H老夫人却喃喃地反复说:"不,不是洛蒂呀,是儒理安·维奥!"[2]的确,在老夫

---

[1] 叶渭渠:《日本文化史》,广西师范大学出版社 2003 年版,第 121 页。
[2] 《芥川龙之介小说选》,文洁若等译,人民文学出版社 1981 年版,第 203 页以下。

人的心目中，儒理安·维奥就是儒理安·维奥，他是不可替代的。他就是当年那场盛大的舞会上那位亲切礼貌的青年，是自己一生中最为幸福的那段时光的参与者、目击者和见证人。明子小姐当年虽然仅仅是对他怀有一种朦胧的感情，但她永远记着他，在自己的想象中把他当作自己最亲近最可爱的人。这种爱是虚幻的，也是执着的，这实际上是对那一瞬间所体现、所包含的生命的永恒意义的肯定。至于那位海军军官后来成了作家还是什么名人，他写了些什么小说，又有什么关系呢？三十多年的时光，东西方数万里的距离，以及一切生活中外在附加的东西，在这种情怀面前都消失了，留下的只是瞬间所闪现出来的永恒的光辉。（参看本文附录："瞬间的永恒——《舞会》读后感"。）

在川端康成的众多作品中，人们通常关注的是《伊豆的舞女》《雪国》等名篇，其实要说表达"物哀"情调，他的一篇不太出名的短小作品《玉铃》应该说更为集中和直接。这篇小说一开头，就把人们带到一个凭吊夭折少女的哀婉氛围之中：[1]

"听说治子直到奄奄一息的时候，还在听她的玉铃……"

接下来，作者并没有直接描写治子的死，而是从她的遗物——三块月牙形的古玉谈起。究竟用三块玉还是两块玉碰响

---

[1] 以下引自〔日〕川端康成：《玉铃》，见《日本当代短篇小说选》第 2 辑，辽宁人民出版社 1982 年版。

更加好听,"玉铃"这个说法究竟起于哪个年代,这玉石与古代的神器有什么关系,它究竟应该叫翡翠还是琅玕——这些小事在这种场合下通常被视为不足道,但对于"物之哀"来说却是不可缺少的。作者就是要把"人之哀"当作"物之哀"来表现。人之哀易逝,物之哀永存。人们对亡者的思念已经融入玉铃那轻柔婉转的鸣声里了:

  玉铃,真像小鸟的歌声。
  玉铃,宛如对余韵所描绘的那样,音波孱弱低回,听来仿佛身在幽静的梦中。它的声音究竟像是什么鸟呢?我实在想不起来。然而,我似乎的确是听过的。只有在恬静而又安谧的幽处,那鸟才肯唱出这么动听的旋律。不用说,这旋律,也只有在日本才能听到。嘤嘤鸣啭,变化万千,古朴典雅而又绝妙异常。那不是一种鸟,也绝不是一只鸟。

据说,治子临终时就是听着这来自天国的仙乐而溘然长逝的。治子死了,但她的玉铃还在人们小心翼翼地手指之间,在妹妹礼子的脖子和肩膀抖动之时,发出绝妙的啼声。"玉铃有如徘徊在生死之间的低声细语"。而"我"除了凝神倾听之外,还陶醉于月牙玉透过阳光所呈现的美色:

是蔚蓝色呢，还是翠绿色呢？这是一种比想象中的绿还要绿得多的浓绿色，是人世上不曾有过的绝色。这玉石含英咀华，把美色埋藏在心里，却又无比晶莹，在内心里筑成一个深邃而又灿烂的世界。

于是，"我"又在月牙玉这人世稀有的深翠色彩中，看出"人世稀有的浓重哀愁了"。物之哀也就是人之哀。少女已逝，三块玉也各自东西了，少女倾心相许的人却对玉铃的美无动于衷，这柔弱的玉铃声，已成尘世上寡和的绝响。的确，世上如玉铃那样纤细的情丝，是很容易被心不在焉的手随意拂去的。以治子的情人濑田的粗鲁和愚痴，是根本不值得治子为爱他而死的。但"她真正爱的并不是现实中的濑田，而是空想出来的一个人"，这个人要由濑田这位永远也不可能了解她的青年男子来承当，倒仿佛是治子的宿命。也许，她没有等到自己的幻想破灭就离开人世，正是她的幸运。

十七岁的妹妹礼子是第二个治子。初看起来，礼子性格温静，头脑简单，还是个孩子。但她那柔顺地摆头晃肩摇响玉铃的动作，分明显出姐姐的命运已传给了妹妹。一旦时机来临，那古老的故事又会重演，月牙玉的奇异的光彩会再次照耀人间。小说的结尾暗示，由治子的去世而分送给濑田和"我"的两块月牙玉，最终将还回给礼子，重新由一根细丝线串起来，合为一串玉铃，继续奏响那神奇的乐音。

我们在《红楼梦》中也可以看到类似的以人比玉的手法，例如贾宝玉的"玉"也被联系到古代女娲氏补天的传说。但其实那只是个抽象的象征，并没有对这块"通灵宝玉"做如此细腻的近距离的描绘。贾宝玉的"玉"究竟是个什么样子，在书中始终没有具体的交代。所以《红楼梦》中的哀其实并不是"物哀"，而只是"人之哀"，物本身无所谓哀不哀。或者说，人一旦还原为物，变回了一块顽石，一切哀情也就了结了，这就叫作"了断尘缘""还清孽债"。川端的玉则是永恒的哀情的象征，世代相传，永无了断之日。

三

综上所述，日本文学中的"物哀"可以概括为如下四个特点。第一，也是最主要的特点在于，它不仅仅是"感于物"而哀，而且是物本身的哀。第二，正因为它是物本身的哀，它是无法解脱的、无望的哀，是在绝望中对哀情的摩挲玩味。第三，也正因为如此，这种哀情又是一切其他情绪感动的净化剂，超越所有世俗情感之上并使它们带上高洁的精神意味。第四，这种精神层次又由于被束缚于物的无常和瞬间，所以它对人的精神的提升是有限的，带有无法预料的偶然性和眼前物象的局限性，但同时又具有无比细腻和纤巧的特质。这些特点源自日本民族本身的心理气质，并通过选择性地接受中国文化的影响而发展为世界文学中一种极为独特的审美趣味。至于近代以来西方文化和文学给这种审美意识带来的影响，本文尚未能涉及，也是一个十分有意义的研究课题。

附录

瞬间的永恒

《舞会》读后感[*]

芥川的《舞会》写了一个平凡的故事，一个老而又老的题目——一个少女和一个青年的邂逅。但它给我留下的印象却是持久、动人和无法抹掉的。

女人都有自己的美丽青春，有自己少女时代美好的憧憬和向往。但对自己少女时代最美好的那一段时间的记忆却并不都是同样强烈的。有的人不过是把它当作生命旅途中许多小站中的一站，而有的人却把它当作自己整个生命的意义之所在，当作自己整个一生的象征。她往后漫长的生命历程，直到逐渐衰老进入垂暮之年，似乎都只是由于对这段生活的回忆才有其价

---

[*] 此篇未发表。

值。《舞会》中的明子，一个处于妙龄时代的东方少女，就正是后面这一类人。

当明子身着蔷薇色舞服，第一次和父亲一起去鹿鸣馆参加正式舞会时，她那愉快而又不安的心情是多么感人啊！舞会上一排排浅红色、黄色和白色的菊花，象征着青春的炽烈。在无数衣着华丽的人流中，明子以她惊人的美丽和未经世故的纯真赢得了所有人的赞赏。她以一个少女的敏感充分意识到了这一点，因此她沉浸于极大的幸福和满足之中。

当那位风度翩翩的年轻的法国海军军官邀她跳舞，两人伴着管弦乐的旋律在舞会上一起穿行时，明子的幸福感受达到了最高潮。她不顾疲劳，尽量地享受着舞会中的每一刻光阴。在这一刻，似乎哪怕跳到死，她也会心甘情愿的。法国海军军官彬彬有礼，精心周到，处处给人以信赖感；他对明子的爱慕之心不加掩饰地流露出来。

他参加过各式各样的舞会，见过各式各样的社交界人士和贵妇小姐，对于他来说，舞会不再具有那种令人销魂的魅力，"到处的舞会都是一样的"，一样的音乐，一样的礼节，一样的虚情假意。他喜欢明子，正是因为在这个刚出茅庐的东方少女身上闪烁着一种没有做作、没有矫饰的天真自然的美。这种美（似乎）压倒一切，成为这舞会上唯一值得珍视的光彩夺目的瑰宝。

但是，年轻的海军军官却陷入了沉思，他在以一个旁观者的地位思考着这种美的意义。五彩缤纷的焰火飞向夜空,一下子便消失了,人的生命也像这焰火一样转瞬即逝。看着这美丽而短暂的焰火,明子竟也伤感起来。也许,一切幸福都会令人伤心,因为它终究是要消失的。敏感的明子在狂欢之余,马上体会到了这一层。法国军官的话"像我们的生命那样的焰火",其实也正是明子想说的话(它的真实含义是像焰火那样的我们的生命)。

小说的第一段,写明子的心情由好奇、不安、得意、幸福到极度的兴奋,突然之间又转入"时不再来"的伤感的整个心理过程。可以说,一切外在的描绘都是为了表现明子内心的这种生命的体验,这一点,作者是紧紧地抓住了的。更为高明的是,作者并未仅仅停留在对美好青春的感叹之上。(如果光是这样,那么作者不过是揭示了一个人们早已反复说过的主题,即青春的美丽给人留下的只是伤感的回忆。)但作者在第二段中却对这一主题做了别出心裁的挖掘。他大幅度地跨越了三十多年的时光,以H老夫人(当年的明子)和某青年小说家的谈话引出了这位夫人对法国海军军官的回忆。

当青年小说家听了老夫人的叙述后兴奋地说:"那就是洛蒂!是那个创作《菊子夫人》的皮埃尔·洛蒂!"时,老夫人却"以纳闷地眼神看着青年的脸,喃喃地反复说:'不,不是洛蒂呀,是儒理安·维奥!'"

写到这里,作者的笔戛然而止,这真是绝妙的结尾!它留给人无穷的回味。

的确，在老夫人的心目中，儒理安·维奥就是儒理安·维奥，他是不可替代的。他就是当年那场盛大的舞会上那位亲切礼貌的青年，他是自己一生中最为幸福的那段时光的参与者、目击者和见证人，他代表着自己全部的青春年华。明子小姐当年虽然对他怀有一种朦胧的感情，对他却并没有什么深入的了解，但她永远记着他，在自己的想象中把他当作自己最亲近最可爱的人，当作自己内心深藏的秘密。这种爱是虚幻的，也是执着的，这实际上是对那一瞬间所体现、所包含的生命的永恒意义的肯定，谁能因为这种执着的虚幻或"不现实"而责备或嘲笑她呢？在老夫人的这种近乎狂信的执着中，不正表现了她对人生真正美好的东西锲而不舍，不为现实所消磨的伟大坚定的情怀吗？

至于那位海军军官后来成了作家还是什么人，他写了些什么小说，又有什么关系呢？三十多年的时光，东西方数万里的距离，以及一切生活中外在附加的东西，在这种伟大坚定的情怀面前都消失了，留下的只是瞬间中所闪现出来的永恒的光辉。

从《古事记》看日本妇女性格的形成[*]

一个民族的性格是在历史中长期形成的结果。然而,对这种形成的历史进行追溯却不能不遇到诸多的困难,因为在过去的时代,尤其是远古时代,人们的性格究竟是怎样的,现在已经很难考证了。唯一的线索就是由古代流传下来的文学作品,包括神话和传说。在这方面,日本民族很幸运的是,他们留下了一部比较系统地记载了远古神话传说的作品,这就是成书于公元712年的、日本现存最早的历史和文学著作《古事记》。

本文的主题是探讨日本民族性格的一个重要方面,即日本妇女性格形成的历史。在西方人心目中,日本女性几乎成为"东方女性"的代表,以其温柔、体贴、顺从、忍耐、柔

---

[*] 本文原发表于《湖北大学学报》2004年第3期。

韧和情感细腻而著称于世。但这种性格并不是从来如此的，而是有一个漫长的形成过程。这个形成过程，我们可以从《古事记》的神话传说中一系列女性人物的形象看出某些蛛丝马迹。实际上，我们还可以说，今天的日本女性的性格，就是自古以来日本妇女在历史环境的演变中逐渐积累和积淀而形成的；或者说，过去的日本女性的性格在今天已积淀为她们性格中的深层次的结构，虽然已不能赤裸裸地表现出来，但仍然在潜意识中起着作用。露丝·本尼迪克特指出："个体生活的历史中，首要的就是对他所属的那个社群传统上手把手传下来的那些模式和准则的适应。落地伊始，社群的习俗便开始塑造他的经验和行为。到咿呀学语时，他已是所属文化的造物，而到他长大成人并能参加该文化的活动时，社群的习惯便已是他的戒律。"她把这种历史的传承称之为"文化整合"模式："指向生计、婚配、征战，以及敬神等方面的各色行为无不按照在该文化中发展起来的无意识的选择标准而纳入永久性模式。"这使我们今天对日本女性的性格有一种"完形的"把握。

现在让我们按照书中的历史顺序，看看在《古事记》里上、中、下三篇中的女性形象是如何发展起来的。

---

1 〔美〕露丝·本尼迪克特：《文化模式》，王炜等译，生活·读书·新知三联书店1988年版，第5页、第49—50页。

一

伊邪那美

《古事记》[1]一开头，描述的是世界之初，第一批神的诞生。最初诞生的叫"天之御中主神"，接着是"高御产巢日神"和"神产巢日神"。这些神是如何"诞生"的，没有说，似乎都是单独产生出来的；他（她）们的性别也不很清楚，从其名字（"产巢"）看，似乎后两位是女神，但也只有名字。再接下来的一些神的诞生比较具体，说他（她）们"生气勃勃往上猛长，好像沼泽地的芦苇芽，到了春天就一齐往上冒一样"。然后是"男神和女神不断出世，经过了七代。最末出世的是名叫伊邪那岐的男神和名叫伊邪那美的女神"[2]。

"伊邪那美"是《古事记》中第一个出场的有名有姓的女神，也是首次点出其性别特征的女神，这表现在她以后的神的诞生与所有其他在先诞生的神都不同，即不是自然地（"好像

---

[1] 本文依据的《古事记》文本为〔日〕福永武彦：《古事记物语》，东京：岩波出版社1962年版。
[2] 同上，第一章："天国和地府"。

芦苇芽一样")从地下冒出来,而是由无性繁殖转向了男女结合的两性繁殖。她第一个有了自己的配偶即男神伊邪那岐,并通过婚姻和家庭来延续自己的后代,这些后代开始有了血缘关系。书中写这两个神在执行天之御中主神的命令缔造了最早的居住地"自凝岛"后,举行了一场有趣的婚礼:

> 他们高兴地降落到新的岛上,在这个岛上选择了适当的地方,建造了一根大粗柱子,又围绕这根柱子修建了一座大官殿。他们俩想结为夫妻,于是就决定围着大柱子举行结婚仪式。男神和女神分别从柱子的右边和左边开始旋转,当他们碰面的时候,女神先叫道:"多么漂亮的小伙子啊!"接着,伊邪那岐也叫道:"多么美丽的姑娘啊!"
>
> 这样,他们完成了结婚仪式,不久生了一个像水蛭那样没骨头的、难看的东西。父母万万没有想到生的是一个残废,就把它放在用芦苇叶编成的小船上,让它漂走了。他们俩面面相觑,深感遗憾,就决定到天国去找高天原的主神商量。天之御中主神听了他俩的诉说后,给他们卜了个卦,他把卜卦的结果告诉他们说:"这是因为女方先开了口的缘故,所以坏了事。你们再重新做一遍试试,不要又弄错了。"
>
> 他们又沿着桥下到自凝岛上,围着官殿正当中的

大柱子，一个从左，一个从右开始绕圈。

"多么美丽的姑娘啊！"为了不再失败，男神先叫起来。接着女神叫道："多么漂亮的小伙子啊！"

他们按照规矩完成了结婚仪式，这一次，他们没有生下畸形的孩子。先是接连生下了八个岛……也叫作"八大岛国"。[1]

显然，两次结婚仪式代表日本远古时代婚姻关系的一个重大转机，即从"女士优先"的母权制转移到了男尊女卑的父权制[2]。在结婚仪式上女方不能先开口说话，否则生不出像样的后代，这是天意。但父权制的早期并没有对妇女形成严峻的压迫（像中国传统的"妇道"那样），而是还保留了原始时代比较强调男女之间的互相倾慕的爱情关系，双方结合的主要纽带还是情感的力量。此外，妇女的权利在这时还有一定的保障。如书中写女神因生育最小的孩子火神而烧伤了自己，竟离开了人世，伊邪那岐为寻找爱妻而来到阴间，因没有遵守不得窥视的诺言，窥见了妻子在阴间的狰狞面孔而离弃了妻子，于是妻子调动了地狱里的千军万马来追赶和报复

---

1 "八大岛"即今天的日本列岛。
2 在西方，正如著名人类学家巴霍芬指出的，这一从母权制向父权制的转机是由古希腊关于奥列斯特杀母这一惨烈的神话悲剧暗示出来的，参看〔德〕恩格斯：《家庭、私有制和国家的起源》，瑞士苏黎世出版 1884 年版。日本古代没有太大的变故而实现了平稳过渡，也许和日本当时没有形成发达的商品经济及相应的契约社会有关。

他。可见在《古事记》中，与我国地狱由"阎王爷"做主的不同，妇女在阴间还是至高无上的统治者，她们的地位与男性的差距还不是很大。还有一个标志是，女神与男神除了有性繁殖之外，又都还有进行无性繁殖的能力，即能够从身体的各个部位生出新的神来，就连身上脱下来的服饰、洗下来的污垢甚至一个动作都能变成神。因此，女性还没有被看作单纯生孩子的工具，男女的结合也并不完全是为了传宗接代。被视为日本民族的始祖的女神"天照大御"（日神），就是伊邪那岐在河中洗左眼而产生出来的。

天照大御和大气津姬

天照大御与她的弟弟"须佐之男命"（风神）分享了对天国（"高天原"）和对江海的统治权（虽然有决定不了的事还得请示天之御中主神），但实际上，作为高天原的统治者，她比她的弟弟更有权威，后者不过是个调皮捣蛋的孩子。书中写道，她为了在弟弟面前维护自己的统治权威，不得不女扮男装；但她实际上心地善良，对弟弟须佐之男命的胡闹颇能容忍，即使发怒时也不伤害别人，只是惩罚自己，一个人躲进山洞不出来。于是世界变得一片黑暗。众神为了让世界重新充满光明，费尽了心机哄她从山洞中出来。他们捉来了无数公鸡在山洞门口拼命地叫，让天宇受姬女神在山洞前的平台上大跳脱衣舞，诸神拍手开怀大笑，诱使天照大御好奇地开门窥探，并询问天宇受姬女神是怎么回事。

正在跳舞的天宇受姬被她这么一问，马上停下来，她这样回答天照大御："这儿有比你更高贵的神，所以我们大家都高兴得不得了，才又笑又跳呢！"刚才念咒的两个神就把准备好了的镜子抬到天照大御神的面前，这个太阳神朝那里面一看，果然，一个尊贵的神的姿态亮闪闪的照耀着，她更觉得奇怪，就慢慢离开洞口走到外面来了。这时，在这之前一直躲藏着等得心焦的天手力男神，使出全身的力量拉住了太阳神的手，紧接着，刚才让她照镜子的一个神很快绕到她的背后，在山洞前面拦了一根稻草绳，恳求道："请您今后不要再回到那里面去了吧！"

这样，天照大御又一次显出了真身，天地又一次像过去一样被照得通明。[1]

这段生动的描写表现出一个任性而没有心计的少女的天真性格，她虽然生气，但又容易转移注意力，实际上是非常随和的。不过，别的比较低级的女神可就没有她那么好的运气和

---

[1]〔日〕福永武彦：《古事记物语》，东京：岩波出版社1962年版，第二章："天上的岩洞"。

待遇了。如食物女神大气津姬在须佐之男命因闯祸而被赶出高天原后,用丰盛的美味佳肴款待他,须佐之男命却因嫌食物脏而将她杀死,她死后从身体里长出了桑蚕和五谷的种子。这是《古事记》中提到的第一次谋杀,而且杀害得毫无道理,纯粹是为所欲为的暴力的结果。书中对这件男人杀害女人的血腥事件没有做任何谴责,须佐之男命肇事后一走了之,也没有受到任何处罚,表明妇女的地位已开始下降,成为完全被动的、为男人服务和任男人宰割的一方。

栉名田姬、须势理和八上姬

须佐之男命杀掉了八头蛇,娶了栉名田姬,首次上演了一出"英雄救美"的活剧。[1]须佐之男命死后回到阴间他母亲那儿,他在阴间的女儿须势理竟然和他留在人世上的第六代孙大国主神谈起恋爱来,在大国主神通过须势理的暗中帮助完成了须佐之男命故意策划的几个难题之后,他最后同意了他们的婚事。大国主神带着须势理从阴间回到阳世,当了出云国的国王和王后,这时,他原先求过婚的八上姬也赶来与他成了婚。当年大国主神和他的八十个弟兄曾一齐向八上姬求婚,八上姬非大国主神不嫁,大国主神是遭到八十个弟兄的嫉恨和暗害而逃

---

1 〔日〕福永武彦:《古事记物语》,东京:岩波出版社1962年版,第三章:"八头蛇"。

往阴间的。这时大国主神用须佐之男命赠送的宝刀和弓箭赶走了八十个弟兄,于是:

> 八上姬和大国主神举行了吉庆的婚礼。但是,大国主神由于须佐之男命的命令,必须让他的女儿须势理做王后,而且须势理也确实很不错,所以,特意来出云国举行了婚礼的八上姬又回到故乡因幡去了。[1]

这时的婚姻关系对女性的束缚还不太严,八上姬当不成王后,结了婚还可以回娘家去,显然是自作主张。因为当时实行的是多妻制,她不一定非得回去。大国主神除了王后外"还有很多妃子",可以想见,这些妃子大概都是自愿留在大国主神身边的。

木花之佐久夜姬

天照大御的儿子番能迩迩艺命看中了大山津见神的女儿木花之佐久夜姬,向她求婚,她却回答:"我自己不能决定,要问我父亲。"父亲倒是非常同意这门婚事,备下了隆重的订婚礼,但同时却把她的丑姐姐石长姬也一起嫁过来了。这令番

---

[1]〔日〕福永武彦:《古事记物语》,东京:岩波出版社1962年版,第四章:"大国主神的冒险"。

能迩迩艺命很不高兴，又把石长姬给退了回去，受到了岳父的诅咒："你的生命也会像樱花凋谢那样瞬息即逝的了。"后来果然每一代天皇的寿命都不长。看来，父亲在女儿婚姻上的决定权已经由天命固定下来了。对女性另一个重要的问题即贞操的问题也突出来了。木花之佐久夜姬怀孕了，番能迩迩艺命怀疑不是自己亲生的骨肉，于是木花之佐久夜姬着急起来，发誓说："如果我怀的是别人的孩子，那么我生产时就不会顺利；如果是太阳神之子，那么我无论做多么危险的事，也一定会平安无事的。"为了证明自己的清白，她在生产时把自己关在屋子里，并且在屋子里放了一把火，却照样平安地生下了火远理命等三个孩子，在丈夫面前证明了自己的贞洁和孩子血统的纯洁性。[1]当然，对贞洁的要求只是片面针对女性一方的。

丰玉姬

火远理命与海神的女儿丰玉姬一见钟情，并顺利地结为夫妻，在海王宫殿里过了三年幸福的生活。但太阳神的孩子不能在海里出生，于是怀孕的丰玉姬只好到陆地上来生产，她在海边盖了一间产房，并嘱咐火远理不要偷看，但火远理还是忍不住偷看了，发现自己的妻子是一条大鳄鱼，吓得逃跑了。丰

---

[1]〔日〕福永武彦：《古事记物语》，东京：岩波出版社1962年版，第七章："朝阳照射的国"。

玉姬觉得很丢脸，便丢下孩子和丈夫回到海里去了，但又始终怀念自己的丈夫和孩子，于是通过她的妹妹，两人互有诗歌赠答。丰玉姬的赠诗是：

> 红色的玉美丽无双，/就连串起她的带子，/也闪闪发光。/而我又怎能忘记，/你白玉般的形象？

火远理的答诗是：

> 野鸭群集的海岛上，/那遥远的龙宫里，/有我的爱妻。/只要我活着，/就永远不会忘记你。[1]

故事没有大团圆的结局，令人怅然。但对丰玉姬内心的耻感和对丈夫的思念之情的冲突却描写得十分动人。最后火远理的儿子和丰玉姬的妹妹，也就是她的姨妈结了婚。他们的一个儿子后来成了第一位天皇。按照这个说法，自认为是日神后裔的日本民族其实是日神和海神共同的后代，只是属于海神一方的母系在追溯世系时被忽略了。

总结上述日本神话中所体现的女性性格，大致上可以分为这样三个层次：在对国家事务上她们大都认同天照大御的性

1〔日〕福永武彦：《古事记物语》，东京：岩波出版社1962年版，第八章："海幸和山幸"。

格，富有民族自豪感和自尊心，关心政治和国家体面，单纯而乐观；在家庭关系上她们像木花之佐久夜姬一样极看重自己传宗接代的义务，为维护自己贞洁的形象而甘冒生命危险；在个人情感生活上她们多具有丰玉姬的性格，外表柔弱、自卑，内心坚韧、决绝，面子观念和耻感极强。这些神或半神奠定了日本女性性格的基础。

二

伊须气余理姬

《古事记》下面的故事开始进入了天皇时代，故事的性质也从神话变成了人间的传说，带有历史记载的色彩了。这里故事的情节更具体细致，行文也更活泼，在散文体中夹进了比以前多得多的诗歌，因而也更便于抒情。据说日本第一位天皇神武天皇伊波礼要选一个最美丽的姑娘做皇后，他的大臣大久米命告诉他，有一位叫伊须气余理姬的姑娘是大物主神的女儿，貌美无比，并带天皇经过有伊须气等七位少女在那里玩耍的山丘。大久米十分文雅地作歌探问天皇的意思：

大和国的高佐土野，/结伴而行的七位姑娘，/个个都美丽非凡，/哪位将是您的妻房？

　　天皇看出了走在最前面也是最漂亮的少女就是伊须气，于是也作歌回答：

　　要我挑选实在难，/就请前面那位姑娘，/与我同回还。

　　于是大久米命把天皇的意思告诉了那位少女，但少女仍要为难一下这位大臣，她看到大久米命眼睛上刺了青，模样十分可怕，就唱道：

　　是雨燕？/还是千鸟、鹡鸰、黄道眉？/描出青眼是何为？

　　大久米命机灵地唱着答道：

　　美丽的姑娘太难寻，/只好把利眼睁得发青。

　　这时，伊须气姬就说："那么，遵命了。"
　　从这里不难看出古代部落通过对歌选择对象的遗风，即使是天皇也要经过这样一道手续。

天皇死后,天皇原先的妃子所生的长子多艺志美美命娶了伊须气姬皇后为妻,并试图坐上天皇宝座,伊须气姬所生的三个皇子面临生命危险。伊须气姬看在眼里,急在心头,又不好明说,于是又用唱歌来暗示境况危急:

狭井川里云雾笼罩,/畝火山的树叶飒飒哀号,/快要起风暴!

接着又唱道:

白天畝火山云雾奔腾,/傍晚必有骤雨狂风,/树叶不安宁。

三个皇子听到母亲的歌声,知道了其中的含意,便联手杀掉了多艺志,并由亲自动手的神沼河耳命即皇位,成为绥靖天皇。[1]

这个故事表明,进入到文明时代,为了争夺皇位而兄弟相残,宫廷内充满了血腥,身为皇后的伊须气姬在斗争的旋涡中只是一个完全被动的角色,只能暗中帮助自己的亲生儿子。和以前

1〔日〕福永武彦:《古事记物语》,东京:岩波出版社1962年版,第十章:"七个少女"。

相比，女性的地位已经一落千丈，政治通常已不容女人插手了。

活玉依姬

不过，民间对女性的婚姻选择还是相对尊重的。如在崇神天皇时代，著名的美人活玉依姬出身于平民，半夜里忽然有一位英俊的青年到她房里来，两人一见钟情，于是每夜都来幽会，直到姑娘怀了孕。姑娘的父母并不责骂她，只是"觉得奇怪"，就问："这个女婿是谁？"女儿回答："一个很漂亮的青年，每晚都到我这儿来，可是我还不知道他叫什么名字。"于是父母教女儿下次来时将一匝线缝在青年的衣服下摆上。第二天循着线一直追查到神社里，才知道这就是大物主神。由此活玉依姬的孩子也得以名正言顺地出生，且扬名天下。[1]可以想见，以这种方式当时保住了多少未婚少女和她们的私生子的荣誉！

沙本姬和弟桔姬命

垂仁天皇的宠妃沙本姬有一个哥哥沙本毗古命想篡夺皇位，有一天他问沙本姬："丈夫和哥哥你更爱哪一个？"沙本

1〔日〕福永武彦：《古事记物语》，东京：岩波出版社1962年版，第十一章："四道将军"。

姬随口答道："更爱哥哥。"于是沙本毗古命要她趁天皇睡觉时杀掉天皇，让他来占有皇位。沙本姬执行哥哥的吩咐时，三次举刀都下不了手，痛哭不已，惊醒了天皇。天皇问清缘由，便领兵包围了沙本毗古命的城堡。沙本姬却私下投奔城堡，生下了小皇子，又在阵前把皇子抱给天皇看，托付了养育孩子、给孩子取名及天皇续娶的后事，然后返身回到城堡，在城破、哥哥被杀后也投身于火焰中。[1]这一亲情和爱情的冲突极为感人，可以与古希腊索福克勒斯的悲剧（如《安提贡》）相媲美。它如同黑格尔给悲剧所下的定义那样，是两种同样合理的伦理力量的冲突由于主人公的毁灭而达到了和解。[2]不同的是，希腊悲剧中的这种冲突分配于两个不同的主人公之间，这里的悲剧冲突却集中在沙本姬一个人的内心矛盾中。她承担了所有这一切，并且如此冷静、决绝，简直不像是一个柔弱女子所能做得出来的。这样的悲剧在世界文学中恐怕也是少见的。

如果说，沙本姬对天皇的感情还是爱情和家庭责任的混合物，而缺乏对国家的大义的话，那么皇子倭建命的妃子弟桔姬命的献身则是在爱情之外更加上了对国家的责任。当倭建命渡海去征服对岸的敌对国时，突然起了风暴。为了安抚海神，弟桔姬命自愿投身于波涛之中。但即使是这一具有政治含

---

[1]〔日〕福永武彦：《古事记物语》，东京：岩波出版社1962年版，第十二章："哑巴皇子"。
[2] 参看〔德〕黑格尔：《美学》，第三卷（下），商务印书馆1981年版，第287页。

义的义举,也是出于对丈夫的爱,她是唱着情歌去赴死的:

相模国啊山连山,/大火烧荒原,/火中站着一个你,/永把我记心间![1]

息长带姬命

息长带姬命是日本历史上唯一的一位女天皇,号称"神功皇后",其雄姿英发不亚于中国唐代的武则天。息长带姬命在天皇驾崩之后,不顾身怀有孕,居然亲自率领庞大的海军渡海征服了新罗国(朝鲜),回国后一边生下孩子,一边还设计平定了香坂王和熊忍王的叛乱。当然,人们把这种奇迹解释为"天照大御附体",书上也是这样说的。

直到息长带姬命为止,天皇时代的女性在《古事记》中的性格描绘多少与政治有直接间接的关系,但自此以后,《古事记》第三篇中的女性形象已完全退出了政治舞台,书中着力表现的是她们的情感生活了。

---

[1]〔日〕福永武彦:《古事记物语》,东京:岩波出版社1962年版,第十三章:"倭建命的冒险"。

三

石之姬命

仁德天皇的皇后石之姬命是个有名的妒妇。作为皇后,她对其他的妃子非常凶狠,但自己的命运也不顺利。天皇到处拈花惹草,她愤而出走,天皇多次派人来请,她也不愿意回宫,直到天皇亲自来请才和解。但她仍然妒性不改。她对天皇倒是真心实意地,也不像中国的妒妇、悍妇那样留下骂名,毋宁说,书中对她的描述是客观的,甚至是同情的,把她的嫉妒视为人之常情。[1]其实,她做得最过分的,也只不过是在逼走天皇的宠妃黑姬后,还派人把黑姬从送她回家的船上拖下来,让她自己走着回去。比起姐己唆使纣王残酷地将姜皇后剜去一目,炮烙双手,置于死地,简直有天壤之别。日本有关女性的传说中,似乎并无过于残忍的行为。[2]息长带

---

[1]〔日〕福永武彦:《古事记物语》,东京:岩波出版社1962年版,第十九章:"仁德天皇和他的妃子们"。
[2] 中村元认为,"日本人的宽容精神甚至使他们不可能对罪人产生深刻的憎恶。在日本几乎没有过任何残酷的刑罚。"(见〔日〕中村元:《东方民族的思维方法》,林太、马小鹤译,浙江人民出版社1989年版,第248页)此言或许有些夸大,但至少对于日本女性来说,应当说是真实的。

也好，石之姬命也好，性格上都处于正常范围内，并未留下"牝鸡司晨""河东狮吼"之类有损女性形象的贬词。

轻大郎女和赤猪子

皇子木梨之轻王与自己的亲妹妹轻大郎女乱伦，虽然因此被剥夺了皇位继承权，又被流放，但却留下了许多缠绵悱恻的情诗。如轻王被捕时唱道：

> 轻姑挥泪尽人知，/鸿雁高飞报信时。/不似山鸠藏波佐，/低头暗自哭相思。

被流放时又唱道：

> 拜托飞鸟作红娘，/展翅盘旋鹤唳乡，/人前只需唤轻王。/今番流落到荒洲，/他日乘风返金瓯。/枕席留得重相会，/要将操守记心头。

轻大郎女的送别歌是：

> 夏草如茵阿比泥[1]，/海滩多贝脚难移，/天明行路

---
[1] 地名。

待时机。

多年后,妹妹决定去流放地寻找哥哥,她唱道:

> 日也盼来夜也盼,/夫君一去不回还。/接骨树叶成双对,/小妹寻夫心似煎。

两人在流放地相会,哥哥又喜又悲地唱道:

> 泊濑山[1],山环山,/大岭插旗幡,/小岭插旗幡。/愿将恩爱化坟山,一情念念梦永安。/愿比弯弓挂床沿,/有难临头握胸前,/紧携手,长相连。
>
> 泊濑江,山抱江,/上游打木桩,/下游打木桩。/桩上挂明镜,/更有珠宝镶。/妹是珠宝长相念,/妻如明镜照心房。/若是亲人遗故土,/日夜思还乡。/而今妻伴我,/何憾死他乡。

最后双双死在流放地。[2] 书中对他们的爱情的赞颂和同情,更胜于道德上的责备。

---

[1] 为贵族墓地。
[2] 〔日〕福永武彦:《古事记物语》,东京: 岩波出版社 1962 年版,第二十一章:"苦命的兄妹"。

雄略天皇大长谷命在美和川旁散步时遇见一位美丽的少女赤猪子在洗衣裳，就对她说："你不要嫁给别人了，不久，我一定来接你。"说完就回宫去了，接着就将此事忘了个一干二净。赤猪子每天都在等待天皇的召见，八十年过去了，她想："我已不是从前那样美丽的少女了。事到如今，也不想等待天皇的召见了。可是，我好不容易等了一场，如果天皇不知道我的心情，那太不值得了。好歹我要去一趟。"她带着礼物来到皇宫见了天皇。天皇听了事情的原委，大吃一惊："我可做了一桩大恶事了！我使你白白地浪费了青春年华，不知怎么向你赔礼才好！"于是又是送礼物，又是赠诗。[1]赤猪子的形象在世界文学史上可能是绝无仅有的，[2]这已经不只是对爱情的坚贞，而且是对"义"的执着了。或者说，爱情在这里已变成了一种"义"。

《古事记》中最后出现的一位少女没有名字，是从一个叫"三重"的地方来的宫女，据说她在给雄略天皇大长谷命敬酒时出了差错，险些丧命。但凭着自己机敏的应对使自己转危为安，还得了很多赏赐。[3]由此开始显出日本女性懂礼节、善言

---

[1]〔日〕福永武彦：《古事记物语》，东京：岩波出版社1962年版，第二十三章："老太太之歌，蜻蜓之歌，野猪之歌"。
[2] 希腊神话中俄底修斯离家冒险，其妻珀涅罗珀等了二十年，拒绝了所有的求婚者，直到丈夫回家，这成了西方人爱情坚贞的典范。但与赤猪子的故事仍不可相比。
[3]〔日〕福永武彦：《古事记物语》，东京：岩波出版社1962年版，第二十三章："老太太之歌，蜻蜓之歌，野猪之歌"。

辞的特点。这一特点在前面那些女性那里还不明显，但在《古事记》以后出现的一些文学作品中则是给人印象深刻的。如有人甚至认为，"据说如果紫式部女士的《源氏物语》中的敬语全部去掉的话，那么这本书的篇幅就会缩小一半"[1]。

总之，一部《古事记》，把日本妇女各个方面的特点及其在日本人的日常生活中的影响淋漓尽致地体现出来了。要了解传统的日本女性，非读《古事记》不可。《古事记》中的女性，越到后来地位越低，但情感色彩也越浓。中村元认为："古代日本诗歌最喜欢的主题是恋爱。古代日本人的恋爱是侧重感官享乐而无拘无束的。他们认为人生的真正意义即在于恋爱。""日本的诗歌当中恋歌占了很大的比例，似乎与印度人或中国人的诗歌大相径庭。"[2]这也许正是日本民族在人们印象中是一个"阴性民族"的缘故吧。不过，也正是在这种阴柔的性格中，隐藏和积淀着日本妇女的坚韧，对家庭原则乃至国家政治的献身精神，只是在通常情况下看不出来罢了。

---

1 参看〔日〕中村元：《东方民族的思维方法》，浙江出版社1989年版，第268页。
2 同上，第238页。

桜園物思い

II

作品

From Natsume Soseki to Haruki Murakami

森鸥外《高濑舟》的寓意*

森鸥外（1862—1922），日本著名小说家、评论家和翻译家。本名森林太郎，号鸥外，出生于岛根县一武士家庭，从小受到良好的国学教育，熟读《左传》《史记》等儒家经典。11岁时随父进京，开始学德语。1881年（20岁）毕业于东京大学医学部，就职于陆军军医学校。1884年（23岁）被派遣德国留学四年。留学期间，他除了学习医学外，西方的人文环境和先进的科学文化使他大开眼界，他广泛涉猎西方的文史哲及美学名著，深受叔本华和尼采等哲学家的影响。1888年回国后，就职于陆军军医学校兼任陆军大学教官，在步入宦途的同时开始了文学活动。他以近代西欧的视角来审视日本的现状，在日本

---
* 原发表于《鲁迅研究月刊》2009年第4期。

自然主义流行时期，也由于夏目漱石的影响，他与夏目漱石一起站到了反自然主义的立场上，代表作有长篇小说《青年》、中篇小说《雁》等，充满着智慧和美感。进入大正（1912—1926）以后，开始撰写历史小说，主要取材于德川封建社会，追求武士道伦理的纯一性和新的道义，给予菊池宽和芥川龙之介的历史小说以极大的影响。代表作有《阿部一族》《山椒大夫》《高濑舟》《寒山拾得》等短篇小说。森鸥外有着无与伦比的东西文化知识、教养和洞察力，在他的文学深处，有一种强韧的道义和伦理要素，以典雅的文体塑造出博大的文学形象，成为日本近代文学的标志。他的早期作品文笔优美，后期则冷峻严肃，富于哲理。

鲁迅先生在《我怎么做起小说来》一文中，曾回忆自己早年对文学的爱好："记得当时最爱看的作者，是俄国的果戈理（N.Gogol）和波兰的显克微支（H.Sienkiewitz）。日本的，是夏目漱石和森鸥外。"[1]在这些作家中，鲁迅受果戈理和显克微支的深刻影响是众所周知的，他对夏目漱石的推崇和仿效也有一些评论[2]；但唯独对鲁迅与森鸥外的关系，学界谈论不多。鲁迅本人对此的评论，就目前所见，在《现代日本小说集》的"附录：关于作者的说明"中有一小段比较完整的文字，说森

---

1 《鲁迅全集》（第四卷），人民文学出版社1993年版，第511页。
2 参看李振声译并评论：《〈梦十夜〉及译本"附录"》，广西师范大学出版社2003年版，并参看本人在《夏目漱石〈梦十夜〉解读》中对《梦十夜》与鲁迅《野草》的比较，载《鲁迅研究月刊》2008年第10期。

鸥外"与坪内逍遥、上田敏诸人最初介绍欧洲文艺，很有功绩。后又从事创作，著有小说戏剧甚多。他的作品，批评家都说是透明的智的产物，他的态度里是没有'热'的。他对于这些话的抗辩在《游戏》这篇小说里说得很清楚，他又在《杯》（Sakazuki）里表明他的创作的态度。"而《杯》里所发出的"消沉的但是锐利的声音"是："我的杯不大，但我还是用我的杯去喝。"[1]不过，鲁迅自己所译并收入这本《现代日本小说集》中的森鸥外的《沉默之塔》，后来据他自己评价则是"太轻"，准备"别译"[2]；为这篇小说写的"译者附记"未被他收入集子中，但这篇短短的"附记"其实倒是耐人寻味的：

> 森氏号鸥外，是医学家，也是文坛的老辈。但有几个批评家不以为然，这大约因为他的著作太随便，而且很有"老气横秋"的神情。这一篇是代《察拉图斯忒拉这样说》译本的序言的，讽刺有庄有谐，轻妙深刻，颇可以看见他的特色。文中用拜火教徒者，想因为火和太阳是同类，所以借来影射他的本国。我们现在也正可借来比照中国，发一大笑。只是中国用的是一个过激主义的符牒，而以为危险的意思也没有派希族那样分明罢了。[3]

---
1 参看《鲁迅全集》（第十卷），人民文学出版社1993年版，第217页。
2 同上，第十一卷，第405页。
3 同上，第十卷，第225页。

"派希族"就是拜火教，这些人固守着自己的传统，"以洋书为危险"，主张"杀掉那些看危险书籍的东西"，把这些书"用车子运进塔里去"，封锁起来。鲁迅认为这"正可借此来比照中国，发一大笑"。但后来他又说这篇小说"太轻"，想换一篇收入集子，我想恐怕不单是因为它的篇幅太短，也有在引人"发一大笑"中缺乏沉痛感之故。换言之，它还不足以代表森鸥外那典型的"消沉但是锐利的声音"。而要找森鸥外小说的"消沉但是锐利的声音"的例子，他后期的作品《高濑舟》是不错的选择。

《高濑舟》，是他1916年（55岁）发表在《中央公论》上的短篇历史小说。通常认为小说中提出了财产观念的"知足"问题，和医学上的"安乐死"问题。《高濑舟》的故事看起来很简单，是说在一艘载着重罪犯去孤岛服刑的小船上，杀人犯喜助向看守讲述了自己从此可以在服刑地安全地活着而不必为自己的一日三餐担心，所感到的轻松喜悦的心情。因为，以前他从未松懈地找工作、做工作，拼死拼活所得的工钱总是还了债就一文不剩，然后还是靠借债度日；判刑后，他不但解决了吃饭问题，还得到了官府赏给被判远赴孤岛的犯人的二百文钱，这是他从来未曾拥有过的一笔钱财，给他带来了极大的满足感。听了喜助的话，看守联想到自己微薄的工资根本不够养活一家人，经常要靠妻子的娘家接济，觉得自己和这个犯人也差不多，辛苦得来的工钱也只是"左手进右手出"，而且连喜助的二百文赏钱也没有。看守由此联想到人生应当知足。看看这个犯人你就会知道，人生即使跌落到谷底，也还是可以成为一个幸福的人。但前提是，不能总是在更高的欲望上"不停地追求"，而应该知道在什么地方停下来。这时看守竟然觉得喜助的头顶上"仿佛放射出一种光辉"来，有一种圣人式的伟大。

如果作者仅仅停留于此，那么这篇小说的寓意也就和其他许许多多宣扬知足常乐的作品没有什么区别了。如果说小说想要批判民不聊生的社会现实，那在这方面它也不如另外一些同类题材的作品深刻，如欧·亨利的《警察与圣歌》。[1]因为后者揭示了导致人民生活贫困的社会根源，即不合理的社会制度，而森鸥外的小说却无意做这种揭露，而只是描述了下层百姓的无奈。

但接下来作者笔锋一转，谈起了喜助杀人获罪的经过。原来喜助和弟弟从小失去了双亲，两人相依为命，勉强度日。但后来弟弟生了病，只有喜助外出工作，这就更加难以支撑了。于是弟弟有一天用剃刀割喉自杀，不想再拖累哥哥。喜助回来时弟弟已奄奄一息，十分痛苦，央求哥哥帮他了结。喜助为了减少

---

[1]《警察与圣歌》是欧·亨利的名篇，描述一个流浪汉为了找一个过冬的地方，想尽了一切法子，如砸碎商店玻璃，到餐馆吃饭不付账，当街调戏妇女，夺人财物等等，以便能够被判三个月监禁，但都归于失败，警察根本不管。最后他良心发现，站在教堂门口听圣歌，却被警察带走了，判他"关押三个月"。他终于如愿以偿。

弟弟的痛苦，帮他拔出了剃刀，直接导致了自己挚爱的弟弟的死。但是即使他不拔出剃刀，弟弟也活不了。看守觉得就凭这件事而判喜助杀人罪似乎不合情理，但又说不出更多道理来。在故事发生的那个年代（德川时代），还没有"安乐死"这种说法，所以故事在这里就只好不了了之。

但作者却在故事结束后另外加了一节附录"高濑舟的缘起"，说明他之所以要写这个故事，是由于在古书上看到它的简介，有两点使他觉得"有趣"。一点是喜助从未有过财产，把两百文钱视为拥有财产而欣喜万分；另一点就是安乐死能否认为是杀人的问题。作者表述得不动声色，而且这两点似乎毫无关系，只是偶尔想到的两个话题而已。但作者最后却点明："我认为，高濑舟的那个罪人，正是这种安乐死的典型例子，这点我感到非常有趣。"这里面大有深意。

然而遗憾的是，一般研究者，包括日本的文学史研究者都忽视了森鸥外的最后这句话。也许在他们看来，小说本来已经结束了，作者还附带说一下这篇小说的"缘起"已属多余，顶多表明他自己是如何想到要写这篇小说的，但小说的寓意却并不以作者的主观意图为转移，而主要看小说本身说了些什么。但实际上，这种忽视是致命的，它导致历来的研究者几乎全都走入了一个误区，这就是把这篇小说的主题看作两个"并列"的话题，一个是"知足常乐"，一个是"安乐死"。至于作者关于喜助这个知足常乐的罪人本身"正是这种安乐死的典型例子"一说，便成了无法理解的了。论者一般对作者这句话采取回避的态度。

例如，东京大学文学部教授三好行雄在80年代编的《近代日本文学史》中说："在《高濑舟》中讲述了安乐死的问题以及对知足常乐精神的向往，这是明治四十年代也时常凸显的主题。"[1]到了21世纪，在日本具有权威性的《新订国语总览》中还把《高濑舟》评价为"一篇超历史的历史小说，提出了财产观念的'知足'问题和医学上的'安乐死'问题，是成为后来芥川龙之介、菊池宽等人的'问题小说'的先驱的作品"[2]。在中国人编的日本近现代文学读物中，在论及《高濑舟》时，往往也就是直接沿用了日本学者的这种"两个主题"的说法，不但没有突破，甚至有的还变本加厉地扩大了这一误解。例如，在由同来编著的《日本现代短篇名作赏析》中，编者说："综观全文，作者根据自己的兴趣，经过精心的构思，巧妙地把无欲知足和安乐死这两个主题穿插于小说之中。但也应看到，两者之间缺乏内在的统一性。"正如评论家长谷川泉所言："总觉得《高濑舟》只是以不同的兴趣，将两个问题拼接在一起，是一部缺乏统一主题的作品"[3]。在何志勇、张卫

---

[1]〔日〕三好行雄编：《近代日本文学史》，东京：有斐阁双书，昭和五十六（1981）年初版，第8次印刷，第52页。
[2]〔日〕谷山茂等主编：《新订国语总览》，京都书房2000年版，第6次印刷，第228页。
[3] 由同来编著：《日本现代短篇名作赏析》，南开大学出版社2005年版，第66页。

娣编著的《日本名著赏析》中则直接说:"小说《高濑舟》为我们揭示出两个令人深思的主题。实质上,两者之间并无必然的联系,如果对原作稍作改动的话,《高濑舟》完全可以成为两篇微型小说。"[1]该书还以"拔粹"(节选)的名义把小说的附录部分"《高濑舟》的缘起"砍掉了,使上述改成"两篇微型小说"的自作聪明的建议显得言之成理。而在李洪学、曹志明编著的《日本近代文学选读》中,干脆就不加说明地把"《高濑舟》的缘起"删除了。[2]

但如果严格按照森鸥外的创作意图来理解这篇小说,他自己在"缘起"中明确说出的那句话就是不可忽略的,它是小说全篇的点睛之笔。因此我们必须把作为"附录"的"缘起"视为小说本身的一个不可分割的部分,而不能仅仅看作一种外在于小说的补充说明。就是说,小说中的知足常乐和安乐死这"两个主题"在作者心目中其实就是一个主题,即:知足常乐本身就是一种"安乐死"的方式。因此并没有所谓的"两个主题",更不是毫不相干的两个主题,而是同一个主题在两个不同层次上的深化。我们可以设想,如果没有小说最后在"缘

---

[1] 何志勇、张卫娣:《日本名著赏析》,世界图书出版公司,2007年版,第45页。
[2] 参看李洪学、曹志明编著:《日本近代文学作品选读》,黑龙江大学出版社2007年版,第149页。另外,相关文章还可参看朱珠:《论〈高濑舟〉之三重主题——手足情深、无欲知足与安乐死》,载《科技信息(科学研究)》,2007年第31期;以及于丽萍:《论〈高濑舟〉主题创作的多重性》,载《辽宁大学学报》1999年第4期,等等。

起"中的这一点睛之笔，如果真的像人们所以为的那样，作者在一篇如此短的小说中讲了两个不同的主题，那我们的确可以认为作者的这篇小说是一篇失败的作品，它东拉西扯，言不及义，缺乏整体感。众所周知，短篇小说最重要的写作原则之一就是全篇要有结构上的整体感，支离破碎是它的大忌。像森鸥外这样的文学大师，怎么会犯如此低级的错误？而且在犯了这么严重的错误之后，为什么日本文学界仍然把这篇小说列入森鸥外的主要代表作之一？这都是难以解释的。当然，要把知足常乐的精神境界和安乐死的问题合为一个问题来思考，这对于一般人来说又的确是一个难题；而分开来看，则两方面都会显得非常通俗。

然而，只要人们肯花一点心思，动动脑筋把这"两个主题"联系起来想一想，马上就可以展示出森鸥外超乎常人的深刻和敏锐。通常认为，知足常乐是一种轻松的人生态度，除了最基本的生活需要以外，一无所求，每一个人都很容易做到这一点。所以小说中当看守见到喜助一脸的喜悦祥和之态时有一种觉得看到了佛光乍现一般的感动。但小说随之就转入了对喜助的悲惨遭遇的深深的同情之中，人生之轻和重在这里形成了鲜明的对照。作者通过这种对比昭示出，所谓"知足常乐"并不是像说起来那么容易的事，而是有它的非常沉重的代价的，是在生和死的边缘上的一种达观，它的背后隐藏着一种巨大的悲哀。其实，"知足常乐"在某种意义上也同样是一种"安乐死"。我们每个人都要走向死亡,只是时间早晚而已,人们所关注的问题在于怎么样使自己在走向死亡的过程中减少痛苦。达观、超脱和淡泊是减轻痛苦、愉快地走向死亡的最简便的办法,而喜助对他的弟弟则采取了血腥的办法来实现他的安乐死。这样,看起来互不相干的两件事就从更深的意义上关联起来了。

这种关联本身具有极为深刻的"国民性批判"的含义。鲁迅在《呐喊·自序》中说:"假如一间铁屋子,是绝无窗户而万难破毁的,里面有许多熟睡的人们,不久都要闷死了,然而是从昏睡入死灭,并不感到就死的悲哀。现在你大嚷起来,惊起了较为清醒的几个人,使这不幸的少数者来受无可挽救的临终的苦楚,你倒以为对得起他们么?"[1]这段话几乎可以看作就是对森鸥外这篇小说的注脚。鲁迅当年的两难,与森鸥外这里所揭示的"两个主题"(自欺性的"知足常乐",以及承担起临终的痛苦去死)具有思想上内在的相关性。当然,我们也很难说森鸥外在这里就是对这种安乐死的人生观持一种明确批判的态度,作者的任务不在于此,而在于把事实真相揭示出来,把无奈的人生境况表达出来。但读者却可以由此悟出,某些教人忍耐的生活哲理其实有多么残酷,某些看起来淡泊超然的生活态度其实背后隐藏着多么痛苦的内涵,所以这种淡泊超然的姿态与其说是清醒和高明,不如说是自欺和无奈。作者最

---

[1] 见《鲁迅全集》(第一卷),人民文学出版社1993年版,第419页。

后表示的那种犹疑颇类似于鲁迅的犹疑：是打破这种安乐死的自欺，展示残酷现实的真相，还是任其沉醉于良好的自我感觉更为人道呢？鲁迅最后终于选择了前者，成为国民性批判的斗士；而森鸥外看来还处在疑问和动摇中，他的这篇《高濑舟》则成了日本现代"问题小说"的滥觞。

（本篇中的译文均为作者译自东京大创出版2004年的《近代日本文学选》。）

夏目漱石《梦十夜》解读[*]

夏目漱石（1867—1916）是日本近代著名作家，原名夏目金之助，生于江户（今东京）。他的家庭在明治维新前是江户世袭的"名主"，维新后家道中落。中学时开始学习汉诗文，大学时期写出汉诗文集《木屑录》，并开始使用"漱石"这一笔名。1905年（39岁）因发表长篇小说《我是猫》一举成名，从此他的创作热情一发不可收拾，相继发表多篇中、短篇小说，确立了自己描写超凡的世界及超人情的独特风格。1907年其创作进入第二个高峰时期，《梦十夜》等小说是他这一时期创作的代表。晚年的夏目漱石（1910年以后），开始追求一种遵循天道的自我超越的人生态度，达到了所谓"则天去私"

---

[*] 原发表于《鲁迅研究月刊》2008年第10期。

的心境。这一时期的作品多为中长篇小说。他的文学作品，深受汉文学的道德观念及西方文学中近代理性的影响，他所追求的潜藏于人类存在深处的个人主义这一近代主题，得到弟子和晚辈们的传承。他和森鸥外一起被称为日本近代文学的"双璧"。夏目漱石一生为多种疾病所困扰，1916年，在与病魔的抗争中逝世，享年50岁。

夏目漱石的《梦十夜》（1908年）是脍炙人口的名篇，包含十篇散文，是他对人类的理想、命运、历史、爱情、艺术等人生主题的象征性思考。这种思考深入到梦中无意识世界，显得极其奇幻细腻和深刻，被评论者与鲁迅的《野草》相提并论。[1]从风格和立意上说，这十篇散文确实也和《野草》有诸多相似之处。在这里，鲁迅受夏目漱石影响的痕迹明显可见，例如他也喜欢通过描述梦境来表达某种微妙的感觉和深刻的哲理，在《野草》23篇短文中，直接以梦为题材的就有9篇。1921年（夏目漱石逝世5年后）鲁迅也曾和周作人商量翻译《梦十夜》等小说，拟编入《现代日本小说集》，后因该篇太长而换了夏目漱石另外的一篇。[2]鲁迅还承认自己最喜欢的日本作家是夏目漱石和森鸥外。[3]以这种眼光去读这十篇文

---

1 参看李振声译并评论:《梦十夜》，广西师范大学出版社2003年版，"附录"。
2《致周作人》，参看《鲁迅全集》（第十一卷），人民文学出版社1993年版，第372页。
3《我怎么做起小说来》，参看《鲁迅全集》（第四卷），人民文学出版社1993年版，第511页。

章，我们会发现它们与《野草》一样有着瑰丽的文采、奇妙的构想、深邃的哲思和过目难忘的意境；但也和《野草》一样，感觉细腻，寓意深远，十分难以理解。通过对《梦十夜》的解读，我们也许可以对鲁迅的《野草》有更准确地把握。本文下面将对《梦十夜》逐篇作一个试解。

《梦十夜》中所有这十篇微型小说都是以做梦的方式来讲述的。第一篇讲述"我"的女人将死，嘱咐"我"用珍珠贝壳挖坑将她埋葬，用"天河降落的星尘碎片"做墓碑，并请"我"在她墓旁守候一百年，允诺"我一定会回来看你"。"我"答应了，并照女人说的埋葬了她。然后是漫长的守候。无数次太阳升起来又落下去，"我"开始还在默数，后来就完全记不清了，就这样等啊等啊，直到后来，"我眺望着满布青苔的圆墓碑，不禁想着，是否是被女人骗了"。但就在这时，墓碑下方长出了一株百合花。"之后自遥不可知的天际，滴下一滴露水，花朵随之摇摇摆摆。我伸长脖子，吻了一下水灵灵的冰凉雪白花瓣。当我自百合移开脸时，情不自禁仰头遥望了一下天边，远远瞥见天边孤单地闪烁着一颗拂晓之星。此刻，我才惊觉：'原来百年已到了。'"

读到这里，我们的心不禁为爱情的坚贞而感慨万千。这种爱情并不是没有动摇和怀疑的，但它毕竟坚持了百年，也就是说，坚持了一生。日本文学史上，把爱情不是写成一种单纯的情感，而是写成一种承诺，甚至一种"义"，这是有传统的。例如日本最早的神话传说《古事记》中就有一个"赤猪子"的故事，说一位美丽的少女赤猪子在河边洗衣裳，被天皇看见了，天皇就对她说："你不要嫁给别人了，不久我一定来接你。"天皇回宫后却将此事忘记了。赤猪子每天都在等待天皇召见，一直等了80年，最后想，我好不容易等了一场，一定要让天皇知道我的心情。于是备了礼物去见天皇。天皇知道后大为吃惊，并深为自责，但已无可挽回，只好用赠诗和送礼来表示歉意。[1]当然，一旦涉及"义"，事情就不仅关乎两情相悦，而是超出单纯的爱情，成为一种生存的信念和原则了。夏目漱石这一篇也是如此，那颗终于等到的"拂晓之星"，就是超越有限人生的信念和原则，正是它引导和支撑我们忍耐孤独和寂寞，在整个一生中都信守着自己的承诺。

第二夜的梦是讲述武士修道的。师父责备"我"无法开悟，是"人类的渣滓"；"我"则怀着复仇的怒火去打坐修行，发誓一旦修成，首先就要夺师父的性命——这本身就是一个矛盾。武士道的精神是："若无法开悟，只能自刃。武士一旦受辱，怎能苟且偷生？不如死得壮烈。"所谓开悟就是领会到"无"的境界，一切皆空；但对于武士来说，一切皆空并不

---

[1] 参看肖书文：《从〈古事记〉看日本妇女性格的形成》，载《湖北大学学报》2004年3期，第360页。

是一无所为，而是无所顾忌，为所欲为，首先就要杀掉自己最痛恨的人——师父。所以武士道精神的意义就在于以"无"的名义鼓舞人类你死我活地互相争斗仇杀。作者在这一篇中对武士道修行者（"我"）的这种自相矛盾做了辛辣的讽刺，即越是急于复仇便越是努力修行，但摆脱不了仇恨的修行如何能够开悟？"我"只好强忍住身体上的痛苦和精神上的郁闷去苦修苦练，这种苦闷"四面八方都被堵住了，找不着出口，状况极为狼狈"。最后虽然勉强达到了对周围感觉都好像"消失了"的效果，但"这并不表示'无'已现身在我眼前。我只是马马虎虎坐着而已。然后，隔壁房间的座钟开始响起来。我吓了一跳，右手马上搁在短刀上。时钟又敲响了第二响"。这说明这种"开悟"的迹象其实只是一种假象，只要一有响动，世俗的贪、嗔、痴立即现形，支配着"我"的潜意识和本能。本篇对日本武士道的批判类似于鲁迅对中国人的国民性的批判，因为武士道在当时的确是弥漫于整个日本国民中的普遍的狂热气氛。

第三夜的梦讲"我"背着自己瞎了眼的孩子前行，想找个地方将他丢弃，但瞎孩子却引导着"我"的行走方向，进入了一片森林里面。孩子与"我"对话如同平辈，甚至还有些居高临下，料事如神，仿佛知道"我"的内心想法一样。在林子里，孩子说："那天也刚好是这样的夜晚吧。""我"问道：

"什么？"答曰："还问什么？你不是心里明白？"这时"我"也的确感到自己好像明白，"只是不太知道详情。只感到好像也是这样的夜晚，也感到再往前走的话，就会万事明白了。更感到若真万事明白的话，可了不得，所以得在还不明白时早点丢了这孩子，这样才能安心下来。我又加快了脚步"。到底明白什么，这里始终没有说清，但却有两个预感，一是"再往前走"就会明白，一是如果真地明白了，那"可了不得"，所以不如在尚不明白时趁早丢了孩子，"这样才能安心"。

这几段话的意思很晦涩，但接下来似乎有些提示，即这孩子"像一面镜子，能把我的过去、现在、未来，即使再些许的事实也能一览无余地全照出来"。表明这里所讲的与历史有关。历史既古老又幼小，内心明白一切，但他又是个瞎子，并且是"我"的儿子，因为"我"自身就在创造历史。这个历史能知道大的方向，但却看不清眼前的具体事物（瞎子），只能摸索着前进，所以对于创造历史的"我"来说似乎是一个拖累；但作为历史传统，它是想丢也丢不掉的。当"我"自以为可以随意地抛开历史传统时，它好像是很轻的；但一旦"我"意识到"我"将永远背负着历史并承担谋杀历史传统的罪名时，那孩子"立刻像一尊地藏菩萨石像般异常沉重起来"。文中提到"文化五年（1808年）"的那次传统的断裂，孩子说："今年正好是你杀了我满百年了呢！"《梦十夜》发表于1908年，1808年则是外国（英国）军舰首次开入日本港口的一年，从此日本的闭关锁国政策遭到了国内外各种力量的不断冲击，最终酿成了倒幕运动和明治维新。这就是所谓"我曾经杀死过一个盲人"的所指。文章中的"我"象征着创造历史的人，历史是人创造的，但人又背负着历史；而人背负历史的方式恰好又是背叛历史而冒险进取，创新开拓，而不是先弄"明白"了再往前走。所以"我"在创造历史的同时必然会同时背负杀害历史传统的罪，必须由地藏菩萨这位地狱的冥王来审判。

第四夜梦见的是一个类似于贝克特的《等待戈多》式的荒诞故事。喝酒的老爹忘掉了自己的名字和岁数，人家问他住在哪里，他只回答"肚脐里头"；问他要到哪里去，也只有三个字："去那边。"他玩给小孩子看的"手巾变蛇"的游戏虽然一再鼓吹和许诺变出蛇来，却一直没有兑现。"我"等了又等，"一个人孤单地一直等候着"，可是老爹却走入河中，再也没有出来。这一篇的解释余地很大。如果联系上一篇来读，"老爹"也可以看作就是历史本身，他虽然已经有"一大把银白胡须"，但"他的脸光滑细腻，看不出有一丝皱纹"。他"大口地干酒"，不时地"呼出一口长长的大气"。玩游戏时不断地鼓噪，声称"等一下会变"，但最终什么也没有变出来，连他自己也消失在河水中了。而"我"则一直还在等待着。历史在某种意义上也是如此，它总是激起人们的期望，希望有所改变，但实际上只是玩了一个无聊乏味的游戏而已。

第五夜同样是一个关于等待而不得的梦。这次是"我"在临被处死前等待自己的恋人，大将同意"我"在翌日天明鸡啼之前和恋人会面，过了鸡啼的时辰则将被处死。"我"的恋人骑马在黑夜中飞奔，即将临近的时候，突然在路边响起一声鸡啼，马儿的前蹄刻印在岩石上，随即马和恋人一起坠入了万丈深渊。原来，模仿鸡啼害死恋人的是"天探女"，即佛教传说中的恶作剧的小鬼。所以"我"把天探女视为永远的敌人。这里的"大将"当然是指命运了，命运从来不做作，很朴实，而我们每个人虽然最终都是命运的俘虏，但却可以坚决不向命运投降。我们可以在命运所规定的期限内与自己的恋人即理想会面，宁可献出生命，也要为理想而奋斗。然而，在一切时代，天探女式的伪报晓者都是人类社会的瘟神，因为她提前使我们的理想葬送在深渊中。

第六夜梦见的是镰仓时代（13世纪前后）的著名雕刻大师运庆正在为护国寺雕刻仁王像，但围观者包括"我"在内都是现代人。运庆不顾周围人们的议论，专心工作，以熟练的技巧任意挥锤进刀，木屑纷落之处，仁王轮廓已现。一旁观者评论道："不难啊！那根本不是在凿眉毛或鼻子，而是眉毛和鼻子本来就埋藏在木头中，他只是用凿子和棒槌将之挖掘出来而已。这跟在土中挖掘出石头一样，当然错不了。"这一评论显然脱胎于文艺复兴雕刻巨匠米开朗琪罗[1],是一种非常机智的说法。但也极容易引起误解。例如"我"就受到这种说法的诱惑,以为"原来所谓的雕刻艺术也不过是如此。若真是如此,那不管是谁,不是都能雕琢了?想到此,我突然兴起也想雕琢一座仁王像的念头",于是回家找来工具,试图对屋后柴房里的一堆橡木块实施自己的计划。结果当然是失败了。"我将所有木头都试过一次,发现这些木头里都没有埋藏仁王。最后我醒悟了,原来明治时代的木头里根本就没有埋藏仁王。同时,也明白了为何运庆至今仍健在的理由。"

艺术和历史有诸多相似之处,它们在事后的评价都是很容易的,所谓"事后诸葛亮"很轻松地就能够指出历史事件和艺术形象的来龙去脉,好像那是一些本来就已经存在的必然的事物,问题只在于如何发现它们,按照它们本身的形态和规律将之揭示出来。但是实际上,要进行艺术创造和采取历史行动都必须具有独创性,艺术家和历史英雄都要有天才和开拓精神。所以这种行动一旦做出,就具有永恒性,它是不可模仿的,一次性的。运庆"至今仍健在的理由"就在于不再有人能够达到运庆的灵感,所以这种灵感是不可取代的,有它永恒的生命力;相反,如果人人都能做到运庆的成就,运庆的名字早就湮

---

[1] "米开朗琪罗总是试图把他的人物想象为隐藏在他正在雕刻的大理石石块之中:他给自己这个雕像确立的任务不过是把覆盖着人物形象的岩石去掉。"参看〔英〕贡布里希:《艺术发展史》,范景中译,天津人民美术出版社1988年版,第170页。

没了。由此可见，所谓雕像本来就埋藏在木头中，这是只有艺术家本人才能说的话，因为在他眼中，万物都是他心中的艺术形象的化身，他在万物中看到的其实是他自己的心像。其他人要想达到这一境界，也必须自己成为一个艺术家，而他所看出的形象当然也就是他自己独创出来的形象了。

做一个艺术家的道理也就是做人的道理，因为每个人在一定程度上都是一个艺术家。同样，每个人也都在创造自己的历史，尽管他受到种种条件限制，但只要他达到创造的自觉，这些条件就全都是他用来创造历史的材料。你只有在创造了历史以后才能说，"历史有其内在的必然规律"（如同说"雕像本来就在木头中"），但不是在此之前。

第七夜梦见了一艘毫无目的地的大船，只见到船在喷吐黑烟，破浪前行，但船上的人谁也不知道将驶往何方。水手们安心于"身在浪上，以橹为枕，漂啊漂吧！"但"我"却感到非常不安，"既不知何时才能靠岸，也不知将驶往何方"，甚至觉得"与其待在船上，不如纵身海底"。船上有倚栏低泣的女子，有研究天文学和神学的外国人，还有沉浸在音乐中的男女，他们全都不关心船只的方向。"我越来越感到无聊。终于下定寻死的决心。因此某天夜晚，趁着四下无人时，断然纵身跃入海里。"然而，正当双脚离开大船的一刹那，"我"突然后悔了，觉得就这样死去太可惜了。只是现在已经太迟了，

"我"向水面落去，"船只一如平常地吐着黑烟，从我身边驶过。此时，我才醒悟到，即使不知船只将驶往何方，我仍应该待在船上的。遗憾的是，我已无法实行了悟后的道理，只能怀抱着无限悔恨与恐怖，静静地坠落于黑浪中"。

此篇生动地描绘了作者对于整个社会的矛盾心态。无目的的大船象征着当时的日本，日俄战争后，它正开足马力向大海驶去，但谁也不知道最终的目的。"我"已经在船上，离弃大船意味着自杀；但"我"又不愿意与一艘前途不明的大船共命运，于是选择自杀。但是自杀了就更加不可能搞清船的目的了。所以"我"最后了悟到的道理就是：继续留在船上，但尽量弄清船的前进方向。这将是痛苦的，疑惑、动摇、彷徨在所难免（"非常不安"），但也没有别的办法，总比自行了结、沉入海底要更有意义。鲁迅当年就是选择了这条充满痛苦和荆棘之路，而不愿以沉默和闲适（精神上的自杀）来逃避和自欺。

第八夜的梦围绕着一个"看"字。在梦里"我"进入到一个理发店，三四个穿白制服的员工异口同声地喊着欢迎光临。"我"坐在镜前，可以从镜子里看到自己的脸，以及身后的一些景象，但凡是"我"所感兴趣的，由于镜子的限制都看不完全。如庄太郎带着他的女人走过，"我"想仔细瞧瞧女人长什么样，"可惜两人已走远了"；豆腐小贩吹着喇叭经过，也"害我老挂在心上";有个熟悉的艺伎出来,和"我"道了寒暄,"可惜对方老不出现在镜中"。开始理发了,穿白色制服的高大男子一言不发,也不回答"我"的问题,就开始动剪。他所说的唯一的一句话是:"先生,你看到外面那卖金鱼的吗?""我"说没看到,他也就没再开口。这时突然有人大喊危险,似乎是一辆脚踏车和一辆人力车闯了进来,冲到了白衣男子身上。"才刚看到,白衣男子即双手抓住我的头,把我的头扭向别处。脚踏车及人力车都消失了。"接着,"我"听到了从小熟悉的卖糕小贩的叫卖声,"所以很想再看一眼,可是卖糕小贩却不肯出现在镜中"。这时,"我将全部视力集中在镜角",发现身后柜台内坐了一位女子在数钱。正当我看着时,白衣男子却吆喝洗头,等我站起来,却不见了数钱女子的身影。直到最后"我"走出理发店,才看到白衣男子唯一让我看的那位卖金鱼的小贩,他"目不转睛地望着眼前的金鱼,完全不为周围的喧哗景物所动",比起前面那些生动的人物来,实在无趣。"可是在我盯着他看的当儿,他依旧纹丝不动。"

所有这些描述给人一种郁闷的感觉,想看的东西不能看,受到镜子的限制,让看的东西则毫无生趣。在理发店里,人的视觉完全被操纵了。实际上,当时的日本就是这样一个理发店,"白衣男子"就是一整套舆论控制机器。作者通过这种方式表达了自己不满的心情。

第九夜的梦讲述了一个悲哀的故事。武士出门打仗，早已抛尸疆场，家中的女人和孩子却还不知。每天夜晚母亲都要背着孩子去神社祈祷，求八幡宫的弓箭之神保佑夫君平安无事。当母亲祷告时，孩子在背上会哭起来，无论哭得多么厉害，母亲都不会终止祷告。然后是放下孩子，将他用腰带系在柱子上，自己在石板路上来回拜祭一百次。孩子的哭声牵动着母亲的心，实在哭得太惨时，也只好半途而废，把孩子哄安静后再从头开始，直到拜满一百次，累得上气不接下气。"如此让母亲昼夜牵挂，夜晚更不能安眠的父亲，其实早就因流浪武士的身份而丧命了。这个悲哀的故事，是母亲在梦中告诉我的。"对战争和武士道精神的批判在这里极具人道的感染力，武士的光荣是以女人和孩子的悲惨生活为代价的，他们才是活生生的祭品。武士死了，只有母亲才把这个故事代代相传。

第十夜梦见的是一个唯美主义者的故事。庄太郎是镇内长得最俊的男子，他唯一的癖好就是坐在别人的水果店前观赏来往的漂亮女子，同时也观赏店里的漂亮水果。但他既不买水果，也不吃水果，只是看和称赞。对女人也是如此。有一天来了一位美女，买了一大篮水果，庄太郎自告奋勇给她送去，但竟然从此一去不返，七天后才疲惫不堪地回来，并且病倒在床。原来他跟随女郎来到一处峭壁，女子要他从悬崖上跳下去，否则就要被猪舔。他平生最厌恶的就是猪（以及浪曲师云右卫门[1]），但为了保命，他选择了不跳崖。于是来了一头又一头猪要来舔他，都被他用棍子打落山崖。但他打得越多，猪也来得越多，草原上数以万计的猪像一大片乌云般排着队向他涌来。庄太郎拼命奋勇地打猪鼻，整整打了七天六夜，终于体力不支，"结果被猪舔了，躺倒在峭壁上"。

这个故事听起来有点可笑。在一般现实的人看来，被猪舔了并不是什么了不得的大事，不值得和跳崖并列为一个选项；就算被舔，不是也毫发无损地回家了吗？但对于庄太郎来说，这可是生死攸关的事，他几乎在以性命捍卫自己的唯美标准。他对美女的追求并不怀有现实的目的，而是完全超功利的，唯美的。他对女人的欣赏正如他欣赏水果的色泽一样，是因为他"非常中意她身上衣服的颜色。而且，对女子的容貌也心动不已"。他本人也很讲究仪表风度，他那顶巴拿马草帽就是他表示礼貌的道具。应该说，他是一个追求纯美的理想主义者，在这方面甚至有某种洁癖。但可悲的是，纯美的理想把他引向了遭到玷辱的命运，这绝不是他始料所及的，所以他回家后大病一场。作者这里讲的是一个理想的追求者通常不可避免的下场：即使理想得到实现，也随即就变质为使自己恶心的东西，或者伴随有大量丑恶的东西。在这方面，"我"同意阿健所说的"最好不要随便看女人"，意思是最好不要有什么美好的

---

[1] 夏目漱石讨厌当时著名的浪曲师，正与鲁迅讨厌梅兰芳的京剧表演有点类似。

理想，因为要保持这种理想的纯洁性，"庄太郎可能会回天乏术"。但这种悲哀也绝不是世俗之人如阿健之流所能理解的，因为阿健所说的不要看女人，纯粹是从功利的角度说的，不但是说庄太郎没有得到女人，却惹来了一场病，而且是惋惜阿健想要的那顶巴拿马草帽，因为"帽子大概是阿健的吧！"

作者对理想和理想主义者的这番沉思，与前面他对历史的沉思一样，是相当深刻的。

上述解读有对当时的时代环境的联想，也有一些哲理的分析，但从文本上看，这十篇小说所表达的只是一种感觉和趣味，并不是概念先行的故意打哑谜。夏目漱石是当时"余裕派"文学主张的鼓吹者和代表人物，鲁迅在编《现代日本小说集》时于"附录·关于作者的说明"中特地将夏目漱石表达自己文学观的一篇序言大段抄录："有余裕的小说，即如名字所示，不是急迫的小说，是避了非常这字的小说。如借用近来流行的文句，便是或人所谓触着不触着之中，不触着的这一种小说。……或人以为不触着者即非小说，但我主张不触着的小说不特与触着的小说同有存在的权利，而且也能收同等的成功。……世间很是广阔，在这广阔的世间，起居之法也有种种的不同：随缘临机的乐此种种起居即是余裕，观察之亦是余裕，或玩味之亦是余裕。有了这个余裕才得发生的事件以及对于这些事件的情绪，固亦依然是人生，是活泼泼地之人生也。"[1]所谓"不触着""余裕",皆有不直接干预现实之意,按理与鲁迅的文学主张很不相同。然而鲁迅却并未责难一词,而是称赞他的著作"以想象丰富,文辞精美见称……轻快洒脱,富于机智,是明治文坛上的新江户艺术的主流,当世无与匹者"[2]。这是极高的评价。鲁迅的《野草》,在某种程度上也应作如是观,他不仅有"金刚怒目"的杂文(匕首和投枪),而且也有想象丰富、轻快洒脱的散文。当然其中的精神是一贯的。

(本篇引用译文参看《梦十夜》,李振声译,广西师范大学出版社2003年版。)

1《鲁迅全集》(第十卷),人民文学出版社1981年版,第216页。
2 同上,第216、217页。

论志贺直哉《在城崎》中的死亡意识*

志贺直哉（1883—1971）是日本现代著名作家，与有岛武郎、武者小路实笃同为"白桦派"的领军人物。他的作品以一种透彻的写实主义和冷峻的人生观照表现出深刻的洞察力，而在作品的最深处则渗透着对人性的理解和温情的人道主义精神。他的《在城崎》（1917年）则是当时盛行的"心境小说"的代表作，发表时在文学界激起了巨大的反响，后又被选入中学教科书。正如日本文学评论家红野敏郎所说的："在志贺直哉的全部作品中，这篇《在城崎》所占据的位置是相当重要的，而且，要看清近代文学史上的诸问题、特别是大正时期文学性格的格局，它就决非可以无视的作品。就是说，要研究在

---

* 原发表于《云梦学刊》2006 年第 6 期。

大正时期值得留下的日本独特的私小说、心境小说的本质方面，这篇作品往往是信手拈来加以讨论的作品。"[1]本文试图对这篇小说中所表现的死亡意识的主题做出自己的分析。

在《在城崎》这篇小说中，作者以第一人称的形式讲述了自己于车祸受伤后去城崎温泉疗养时的一段亲身经历和观感，并由此生发出对人的生死的一番慨叹。据说志贺直哉在受伤前不久，刚刚完成一篇同类题材的小说《事件》，描写他所亲眼看见的一个陌生孩子被电车撞伤而幸免于死的场景。按照他自己在《创作余谈》中所说的："写完这篇小说的当天晚上……看了一场业余相扑，回家时沿铁路线边正走着，不知怎的，我被省线电车从后面撞了，受了重伤，暂时住进了东京医院，身处危难而得救了。"[2]这真是如有预感，并更加促使了他对死亡问题的贴近的思考。红野敏郎曾比较了这两篇同一题材的作品："在《事件》中，即使是'自私的喜悦'，对于人之生和死的问题他始终有着强烈的兴趣，甚至坦率地表明，他的喜悦已达到'愉快的兴奋'的程度。而在《在城崎》中，他首先要思考的是自己为什么没有死的原因，而不是单纯地庆幸自己得救。'一定是有什么事情是自己必须去做而留住了自己的性命的'，由于这样想，他于是心情变得平静，仿佛'对死产生了

---

[1] 参看日本文学研究资料刊行会编：《日本文学研究资料丛书·志贺直哉（2）》，东京：有精堂出版社1986年版，第154页。
[2]《创作余谈》，载〔日〕志贺直哉《志贺直哉全集》（第八卷），东京：岩波书店1974年版，第5—6页。

一种亲近'。这种'对死的亲近'的感情，形成这部作品主题的基调。"[1]对两次车祸的感受，第一次涉及别人，引起的是对一般生死问题的思考；第二次涉及自己，所引起的是对死亡更贴近个人的思考，即"自己为什么没有死？"这种思考显然更具有哲理的深度。

小说没有什么情节，只有身体受伤后的一些心境和遐思，以及一些并不连贯的场景。作者一开始就描述这种以养伤为目的的旅行带来的闲适的心情：孤身一人来到城崎温泉，内心少有的宁静平和，加上气候宜人，无人打扰，一个人看书写字，从容散步，是一种适合于思考那些超越世俗杂务的终极问题的良好心态。"我"沿着流经市街的小河漫步上山，观察水塘里的游鱼和一动不动的螃蟹，看到大自然的寂静中蕴含着勃勃生机。"我"不禁油然回想起当初发生车祸时的恐怖场景，和自己侥幸生还的不可思议的机遇，但却并不感到恐惧，反而感到与死亡有一种"微妙的亲近"。经历过与死神面对面地擦身而过的人，总能更真切地体会到人生的真相，意识到生命的脆弱和生与死的贴近。这给下面"我"对那些小生命的生死处境感同身受的沉思做了很好的铺垫。

小说先后描写了三个不同的小动物的死亡情况。首先是在屋顶上繁忙的蜂房边一只一动不动的死蜂，在它趴在那儿的

---

[1] 日本文学研究资料刊行会编：《日本文学研究资料丛书·志贺直哉（2）》，东京：有精堂出版社1986年版，第156—157页。

三天时间里,周围来来往往的勤劳的蜜蜂若无其事地干着自己的工作,那么生气勃勃但又冷漠无情,没有谁因为这具小小的尸体而受到打扰,或停下来关顾一下自己昔日的同伴。直到第三天夜里下了一场暴雨,死蜂的尸骸才消失了。在"我"的想象中,死去的蜜蜂大概是通过排水管道被冲到地面去了,仍然是那样蜷缩着腿脚,触角耷拉在脸上,一身泥水地静躺在某个角落里,无人注意。与此形成鲜明对照的是外面照样喧闹繁忙的生活,那些精力充沛的蜂群每天仍然在盛开的八角金盘上面不停地劳作,过着日出而作、日落而息的日子。"我"此时并无伤感,而只是平静地想到:"一生都在忙碌动荡的蜜蜂,现在终于一动也不动地躺在那里了,真是安静得很啊!这种安静使我感到如此地亲切。"[1]所谓的"如此亲切",是指生和死都是天地之间的常态,真的没有必要去强调二者之间的根本区别,而应该像那些沉浸在工作中的蜜蜂一样,用一种平常心去对待死亡,甚至对于同伴的死都无动于衷。这样看起来显得有些冷酷无情,其实倒是参透了大自然的本相,是一种更高的智慧。我们大家都要面临死亡,生生死死本来是自然界最正常的事,用不着大惊小怪的。重要的是在活着的时候要做好自己的事,死的时候坦然就死,对自己、对别人都应当采取这种态度,我们就会对生死问题获得一种超然的平静心态。

---

1 小说见《志贺直哉全集》(第二卷),东京:岩波书店1973年版,第173—182页,引文均由作者自译。

这就是作者通过一只忙碌工作的蜜蜂的死所引发的对于死亡的第一层思考。死并不可怕，死是生的朋友，当死亡到来的时候，我们应该像迎接一个老朋友一样迎接它，不用任何仪式，只要一颗平常心。然而，更进一层的思考是由一只逃命的老鼠引起的。

"我"在温泉附近的公园散步时，看到人们在围观一只在河水中挣扎的肥大的老鼠。那老鼠的脖子上被刺穿了一根用来烤鱼的铁钎，这铁钎阻止老鼠靠近岸边的石壁，使它无法上岸逃生。看来老鼠获救的希望十分渺茫，但在围观人群的哄笑声中，老鼠仍在奋力拼搏。它似乎认为，只要自己努力争取，就一定会闯出一条生路，于是又带着脖子上的铁钎游向河中心去了。而在岸上的人群看来，这只老鼠是死定了，他们纷纷起哄，把石块扔向河中心的老鼠，以庆贺这只老鼠的悲惨的灭亡。

老鼠的死，或者说老鼠临死前挣扎的过程，在"我"的本来平静的心中激起了巨大的波澜。原来，死亡本身虽然是宁静的，但是在死的宁静到来之前，一切有生命的存在都会经历如此恐惧而痛苦的挣扎，这同样是极自然的。面对死亡，一个尚存有剩余的生命力的生物必定会倾其全力予以抗拒，哪怕明知是徒劳的挣扎，也不会甘心束手就擒，这难道不也是最普通的人之常情么？于是"我"又回想起自己当时因车祸被送进医院时的心情。"我"在头脑还清醒的时候，正像这只老鼠，想尽了一切办法自救：自己决定进哪家医院，嘱咐人家事先通知医院做好手术准备，并对手术的预期后果感到担心。这样看来，平静地接受死亡的命运固然高超，但并不是人人都可以轻易做到的。就如"我"自己，虽然已经悟到应该像蜜蜂那样听天由命，但如果再次面临死亡，仍然会拼命抗争。然而，这两种同样是自然的对待死亡的态度，究竟哪一种更为可取呢？作者在这里似乎有些动摇不定了。正在这时，一种更为透彻有力的眼光加入进来，使这个问题本身变得毫无意义了，这就是：生也好，死也好，听天由命也好，奋力抗争也好，这一切都不由人自己决定，而是取决于冥冥中的偶然的命运。这一点体现在小说中的第三只小动物蝾螈的死之上。

在见到这只小动物之前，作者有一段对桑树叶的描述，是历来评论家感到困惑不解的。小说里讲到，在老鼠事件之后过了不久，一天傍晚，"我"向山上走去。

> 路边有一棵大桑树，在伸向马路的树枝上，只有一片叶子以同样的节奏在抖动着。四周没有风，除了河水的流动外，一切都在寂静中，唯有那片叶子在不停地抖动。我感到不可思议，多少也有些恐怖，但又有点好奇，于是走上前去，抬头看了它许久。这时有风吹来了，但那片抖动的叶子却又不动了。原因是不言自明的，我似乎觉得自己对这种情况更能了解。

小说发表后，这段意义含糊的话引起了众多读者和评论者的疑惑，特别是"原因是不言自明的"这一句，人们纷纷向志贺询问究竟是什么意思。后来志贺不得不在《再续创作余谈》中做了专门的说明，但仍然使人不得要领。如须藤松雄在谈及这一处时承认："这一片叶子动向的说明，我自认为是不理解的。尽管在《再续创作余谈》中做了反复的说明，但我还是不太明白，可能是我缺乏对这种事象的理解力吧。"他只是强调，"尽管如此，作者非常重视这片叶子的抖动，这一点我是再了解不过了"，他的解释是："从薄暮的各种景物中特别选取这片桑树叶，作为忧郁状态的象征来描写，恐怕主要是与这个作家的文学形成作用有关的文学氛围吧。"[1]这等于什么也没有说。龟井雅司评论说，这段话中可以看出"作者掺杂了几分好奇心，有着一种令人恐怖的不安"，[2]这也不过是重复作者已经说过的话，并没有提出别的解释。总之，这片树叶的含义成了志贺文学解读中的一个公认的难题。倒是在志贺直哉本人为《在城崎》所写的初稿（后未用）的《生命》中，对此表述得较为清晰些：

　　由于其方向和植物叶柄的软硬程度的缘故，只有

---

[1] 〔日〕须藤松雄：《志贺直哉研究》，东京：明治书院1977年版，第126—127页。
[2] 日本文学研究资料刊行会编：《日本文学研究资料丛书·志贺直哉（2）》，东京，有精堂出版社1986年版，第179页。

那一片叶子可以感觉到其他物体所感觉不到的微弱的风，这就好比时钟的秒针精密地不停跳动一样。而在其他物体也能感受到的那种程度的风刮起来的时候，反而这片叶子会停止抖动。[1]

根据这段描述，我们大致可以猜到志贺的内心想法了。实际上，他要表达的是人的命运的偶然性和特殊性。正如他看待小动物如同看待自己一样，他也用同样的同情心去观察一片树叶。他所发现的那一片特立独行的桑树叶，实际上是由它所独一无二的内部构造和外部环境造成的、它的一动一静都不由通常一般的规律所决定，也不能由周围叶子的总体情况来加以预测。所以人的命运都是个别的、偶然的，这正是引起志贺的"不可思议""恐怖"和"好奇"的原因。但作者在《在城崎》中并没有明确说出这层意思，而只是说"原因是不言自明的"，并暗示"我似乎觉得自己对这种情况更能了解"。这也许是因为，在《生命》中小说的故事到此已经结束，作者是在做总结；而在《在城崎》中后面还加写了蝾螈的故事，作者觉得在这里提前把这层意思说出来，会削弱他后面马上要讲的动物故事的震撼力，所以在写成的《在城崎》中，他把这段说明删除了。因为正如龟井雅司说的，"'桑树叶'的部分是为了

---

[1]〔日〕志贺直哉：《志贺直哉全集》（第二卷），东京：岩波书店1973年版，第538页。

达到与蝾螈成为一体所做的准备。"[1]

小说接下来描写"我"在小河中间的一块石头上看到的一只蝾螈。"我"自述向来并不讨厌蝾螈,只不过是一时心血来潮,想要把它赶回水中,于是捡起一块石头向它掷去,却不料歪打正着,将它打死在石头上。"蝾螈死了,我不由得大惊失色。是我打死了它,我虽然丝毫不是故意的,但确实是我杀死了它。我心里升起了难以言说的忧郁。"在"我"来说,这只是一个偶然事件,但是对于蝾螈,这就是飞来横祸了。"我"感到无限的悲伤,联想到蜜蜂和老鼠的死,以及自己的大难不死,深悟到一切皆出于偶然,死也无可埋怨,生却无可感激。与前面两种关于死亡的思考相比,这种对于生死的领悟层次更高,它不再只是对于人生的自然本相的思索,而是一种超越自然之上的纯粹哲学的思索。在听天由命和努力奋斗这两种人类可选择的人生态度到底何者更加"自然"的问题之上,他发现了超越人世自然的逻辑,他"感到生与死并不是两极,它们本没有什么差别"。生与死完全是受着偶然意外的支配,人的一切努力抗争也好,或者放弃努力而认命也好,都是一样的,都没有什么意义。这里面表现出一种"人世无常""死生有命"的悲观消极的人生观。志贺后来在《再续创作余谈》中承认,

---

[1] 日本文学研究资料刊行会编:《日本文学研究资料丛书·志贺直哉(2)》,东京,有精堂出版社1986年版,第180页。

这篇小说"是在有点厌世情绪时写下的东西"。[1]

但这并不是小说的最终结论。"我"在返回住处的归途中，由于天色已黑，脚步已变得飘忽不定，"只有思维还在确切地活跃着，使我陷入更深的迷惑中"。的确，即使如作者那样把对生死的思考提升到超越自然态度之上的哲学境界，消极悲观、无所作为的结论也不是唯一的选择。作者在小说中的"迷惑"，正说明他还在徘徊。单凭自然的态度，我们固然无法决定究竟应该如何面对死亡，但在哲学的层次上同样面临选择的两难，而这种选择并不是通过讲道理能够决定得下来的。例如，小说的最后庆幸自己来温泉疗养："到现在已经过了三年，我的脊椎结核至今没有发作，也算是没有白来一趟了。"他实际上并没有因为哲学上消极的人生态度而影响自己对生活的判断。正如须藤松雄所指出的："对立、抗争、生的执着、自我的贯彻、自我发展欲，等等，应该说也是青年时期志贺文学的基础，而通过壁虎、暴风雨、树木等形象表示嫌恶、否定的态度的这些小品文，的确很阴沉。但在最后的作品中，在阴沉的寂寞中，显示了某种安定。"[2]他还说："《在城崎》全篇的基调也是这样一种想法和感情：'……思考的事情仍然多为消沉，很寂寞。但是却有着宁静的好心情。''生与死并非

---

[1]《创作余谈》，载《志贺直哉全集》（第八卷），东京：岩波书店1974年版，第43页。
[2]〔日〕须藤松雄：《志贺直哉的文学》，东京：樱枫社1976年增订版，第146页。

两极之事，我感到它们之间没有太大的差别……'"[1]

据说志贺从小叛逆，对父亲有一种仇父情绪，而在写作《在城崎》的时期，他的这种情绪已经大大地缓和了，同年，他接着就发表了另一篇著名的短篇小说《和解》，描述了与父亲的和解。显然，这种和解并不是像蜜蜂那样的漠不相关的"平常心"，也不是像老鼠那样拼命抗争的结果，而是通过在蝾螈身上所彻悟到的人生的无常、生死均属偶然，而反弹回来的一种对人类的慈悲心，一种看透了人间诸相以后沉着应对日常生活的平静。一切恐惧、骚动和憎恨在这种人生境界面前都不足道，人应该善待生命，善待有生命的一切存在。这就是志贺从蜂、鼠和蝾螈三个小动物的死身上所悟到的道理。这三个小动物所象征的哲理构成一个三阶段的层次，一个比一个更高，而在最高的蝾螈阶段，作者却留下了一种选择，一种回味，并没有做出最后的结论。

对这三个小动物所代表的象征意义之间的关系，一般人不太注意，只看成是对死亡问题的一大堆杂七杂八的有意思的想法，但日本评论界有人对此进行过专门的讨论。如龟井雅司看出："蜂和老鼠的部分尽管看上去是各自独立的，也仍然在循着蝾螈的话题上有着不可缺少的紧密联系。这三个话题是相

---

[1]〔日〕须藤松雄：《志贺直哉的文学》，东京：樱枫社1976年增订版，第150页。

互紧密组合的一个结构。"[1]但究竟这是一个什么样的结构，他却没有说。倒是须藤松雄说得比较清楚，他认为："在这个作品中可以感受到三副成套风格的结构。1．从安静中感到亲切的蜜蜂之死。2．从企图免于一死的'骚动'中感到某种恐惧，然而又觉得很无奈的老鼠之死。3．对生物之寂寞有着强烈共鸣的蝾螈的纯属偶然的死。"[2]这个结构是合乎小说的实际情况的。不过在笔者看来，还有进一步解释和深化的必要。首先，"从安静中感到亲切的蜜蜂之死"，这里的"亲切"只是针对死去的那一只蜜蜂而言，也就是通过作者的拟人和移情对自己将要临到的死预感到亲切，但对其他蜜蜂（其他人）的死则感到冷淡和陌生。所以这种对死的感悟仍然还停留于日常自然态度的层次，几乎是生死不分，尚无明确的死亡意识。其次，老鼠对死亡的骚动、恐惧和无奈也仍然是出于个体的自然本能，但这种态度要比蜜蜂的态度更高一个层次，因为悟到了个体的死只有个体自己才关心，只有自己才能救自己，别人只会对你的死无动于衷甚至落井下石，于是对于死亡有一种拼命拒斥。这就有了一点个别自我意识的意思了，达到了尼采的生命意志的层次，超越了蜜蜂那种毫无自我意识的自然态度。最后，蝾螈的死否定了个人的奋斗，表明一切纯属偶然，

---

[1] 日本文学研究资料刊行会编：《日本文学研究资料丛书·志贺直哉（2）》，东京：有精堂出版社1986年版，第180页。
[2]〔日〕须藤松雄：《志贺直哉的文学》，东京：樱枫社1976年增订版，第150页。

了悟到生存的空寂和无意义，回归到对死亡的亲切感。但这种亲切已经不只是对自己个人的死的亲切，而是对一般的死亡感到亲切，对万物有一种感同身受的亲切，哪怕是一片树叶的独自抖动，作者也"似乎觉得自己对这种情况更能了解"。这就上升到了佛家的境界，众生即佛，佛即是空。所以最后作者仿佛又返回到了蜜蜂那种对待死亡的"平常心"，但在层次上有了极大的提高，不再是基于自然本能，而是提高到了对一般生死问题的哲学思考。所以这三个层次是一个层层递进的上升的结构。

当然，如前所述，作者并没有停留于最后这种境界就止步了，他与其说是提出了一个结论，不如说是提出了一个问题。他引导读者一层层提升对待死亡的境界，却把最后的选择悬置了。他对于生与死的深层次沉思为我们提供了广阔的思考空间，这正是这篇文学作品的思想价值之所在。

试论芥川龙之介《鼻子》的深层意蕴[*]

芥川龙之介（1892—1927）是日本大正时期（1912—1926）著名的小说家。他少年时代就受到中日古典文学的熏陶，并阅读了大量西方文学作品，很早就显露出文学才华。还在东京大学求学期间，他就发表了小说名篇《罗生门》，1916年他又以成名作《鼻子》和其他著名短篇崭露头角，确立了新星作家的地位。直到35岁因精神困扰服毒自杀为止，在短暂的一生中，芥川创作了大量的短篇小说和其他形式的作品，在日本文坛获得"鬼才"的称号，对日本现代文学产生了不可磨灭的影响。其作品的特点是寓意深刻，描写细腻，结构精巧，经得起反复玩味。

---

[*] 本文原载于《外国文学研究》2004年第5期。

本文要论及的《鼻子》正是这样一个脍炙人口的名篇。

小说的情节并不复杂，说的是寺院中一位名叫禅智的内供，长着一只超长而怪异的鼻子，每天吃饭都要别人帮他把鼻子掀起来才能进行，不但不方便，而且遭到众人的议论和嘲笑，很没有面子。他想尽了一切办法，除了做心理上的自我调适之外，还到处求医，试图将鼻子缩短，但全都无效。后来终于有人教给他一种方法，把鼻子缩短了，但他发现周围的人不但没有停止嘲笑他，而且笑得更厉害也更怪异了。内供百思不得其解，对自己的做法后悔不已。直到过了一段时间，内供的鼻子又自动恢复了原样，他才"心情又爽朗起来"，认为"这样一来，准没有人再笑我了"。[1]

作者在小说中有一段直接的议论："人们的心里有两种互相矛盾的感情。当然，没有人对旁人的不幸不寄予同情的。但是当那个人设法摆脱了不幸之后，这方面却又不知怎的觉得若有所失了。说得夸大一点，甚至想让那个人再度陷入以往的不幸。于是，虽说态度是消极的，却在不知不觉之间对那个人怀起敌意来了。内供尽管不晓得个中奥妙，然而感到不快，这无非是因为他从池尾的僧俗的态度中觉察到了旁观者的利己主义。"[2]通常，人们就把这一段直白的议论当作是芥川这篇小说的主题思想，即揭露人性中的冷漠无情和自私心理。至

---

[1]《芥川龙之介小说选》，文洁若等译，人民文学出版社1981年版，第23页。
[2] 同上，第18页。

于对禅智内供的评价，则有人认为内供"是一个贪图虚荣、自尊心极强的人"，作者"深刻勾画出禅智内供那过于神经质的自尊心与虚荣心，讥讽了这种人内心的软弱与可悲"。[1] 总之，"芥川龙之介注重对人、人生的观察，洞悉市民阶层的弱点"，如"过分意识自我，时刻以他人的言行作为修正自己的参照从而完全丧失自我，同情弱者但又嫉恨弱者变强，以同情作为平衡心理的砝码，利己自私……这个短篇也正是要对市民阶层的这种心态进行讽刺与鞭挞"。[2]

日本学者也有与此类似的观点："《鼻子》的主人公……装出一副出家人不在意外表的样子，但实际上他看重的并不是佛门之道，而是在他人眼里自己的形象"，芥川"通过这些人物描写了人的虚荣心和利己主义"。[3] 这些评论应该说大体上都是不错的，但总觉得还未能深入到作品的内部和作者本来的主旨。

其实，《鼻子》是一个看似简单、实则复杂的文本，其复杂性在于它所蕴含的内在寓意绝不是表面上写出来得那么直接单纯。人类有一种对同胞幸灾乐祸的心理，一个人在社会上承受不了舆论和周围人眼光的压力——这都是一些非常通

---

[1] 王晶：《虚荣的本质与自尊的软弱》——谈芥川龙之介及其"鼻子"，载《辽宁大学学报》1998年第3期，第7页。
[2] 于荣胜：《日本现代文学选读》，北京大学出版社1997年版，第42页。
[3]〔日〕小町谷照彦等编：《日本文学史》，东京：日本东京书籍1997年版，第158页。

俗的大道理。如果把小说看作仅仅是这些道理的图解，那就很难解释像夏目漱石这样的大师对这篇小说的高度赞赏了。[1]我认为这篇小说还隐含有更深一层的含义，这就是立足于宗教拯救的角度，围绕着人生境界所做的一种探求和挣扎。

一般说，人都是有弱点的，只不过有的表露在外，有的隐藏于内，所以人生在世，谁都免不了要想办法克服和掩盖自己的弱点。内供的长鼻子显然是一个弱点，"确实不便当"，没有任何好处，只能带来麻烦，承认这一点就是一种自然和素朴的态度。但作者说，这一点还并不是内供为鼻子而苦恼的主要原因，"说实在的，内供是由于鼻子使他伤害了自尊心才苦恼的"。这样一种"自尊心"就不完全是一种自然的态度了。当一个人处处用别人的眼光来看待自己和评价自己时，他的行为就会像内供那样，变得矫揉造作，又是照镜子，又是摆姿态，并且平添了许多忌讳，对他人的态度十分敏感。在小说里，作者对内供的这种心态并没有做恶意和刻薄的嘲讽，而是运用许多细致的心理描写，在讽刺的同时表达了一种理解和同情，因为这种事摊在任何一个人身上都是很难超脱的，作者所表现的只是人之常情而已。人生活在社会中，除了少数特立独行的天才，或是唯我独尊的狂人，他不可能不用别人的眼光来看待自

---

[1] 夏目漱石曾在给芥川的信中说："像这种小说今后再写二三十篇出来，一定会成为文坛上无与伦比的作家。"见〔日〕谷山茂等编：《新订国语总览》，京都：京都书房2000年版，第242页。

己。作者只是借内供这样一个普通凡人来揭示人生的常态。所以一个具有同情心的人在嘲笑内供的同时也应当嘲笑自己，嘲笑人性的（并非仅仅"市民阶层的"）弱点，而不是一味谴责他的"虚荣"。至于周围其他人的幸灾乐祸和"利己心"，其实也不一定就是什么大恶。所以作者并没有说这些人是有意要害人，他们本来"没有人对旁人的不幸不寄予同情"，他们只是不自觉地对他人的幸运"若有所失"甚至"心怀敌意"。但正因为不是他们有意造成的，人的这些弱点才是他们的根本弱点，是人类单凭自己的自由意志绝对克服不了的。这就不难理解芥川在描写人性的这种不自觉的恶习时，是怀着一种宗教式的悲悯情怀的。人的弱点在他眼里就是人与生俱来的罪。

所以，当内供发现他并没有因为成功地缩短了自己的鼻子而获得他人的尊重，反而遭到了更刻毒的嘲笑时，无计可施之下，竟然怀念起过去鼻子长的时候来。因为那时的嘲笑还只是对他的身体的嘲笑，这会儿却是针对他的心灵，即笑他改变自己身体处境的努力。对身体的嘲笑还是可以抗拒和不加理睬的，但对心灵的嘲笑却是伤及做人的根本的。这种怀念的心情，应当说是他的人生境界的一个更高飞跃的开始，说明他对于针对他身体的嘲笑已经有了免疫力。因此，对于他的鼻子在后来恢复到原来的长度，内供有一种发自内心的释然之感，觉得一切还是还其自然本色的好。我们在这里可以看到内供的人生体验达到了一种"返本归真"的更高境界，他的心路历程类似于青原惟信[1]所说的禅宗"三般见解":"老僧三十年前未参禅时,见山是山,见水是水。及至后来,亲见知识,有个入处,见山不是山,见水不是水。而今得个休歇处,依然见山只是山,见水只是水"。[2]

显然,内供从小生就的长鼻子,除了生活上带来的"确实不便当"外,本没有什么可嘲笑的。山就是山,水就是水,周围的人要笑他,那是他们的不开悟。小说中一开始说他"打原先当沙弥子的时候起,直到升作内道场供奉的现在为止,他心坎上始终为这鼻子的事苦恼着"。

显然,在他"当沙弥子"以前做小孩子的时候并没有这一层苦恼,按通常的说法,他那时还"不懂事",相当于青原惟信所谓"未参禅时"的第一重境界。内供的苦恼来自于他进入沙门、初步建立起他脆弱的"自尊心"以后,是他"亲见知识"、即知道了世人对他的嘲笑态度并感到自尊心受伤时的产物。这时在他眼里,山已不再是山,水也不再是水,而是觉得自己里外不是人。他希图对自己的形象加以人为的修饰和改造,而且果然改造成功了,但并没有获得自己心灵的归宿。此为第二重境界。最后,当他恢复自然本色时,他终于悟到了山还是山,水还是水,人生本来并无烦恼,庸人自扰之,一切人为的努力和做作都是毫无意义的,这时他的心情反倒"爽朗起

---

[1] 青原惟信为南岳怀让禅师下第十三世黄龙心禅师法嗣。
[2] 普济:《五灯会元》,中华书局1984年版,第1135页。

来"了。当然，后面这第三种境界并不是简单回复到了第一种无知无识的天然境界，而是经历过了人间的冷暖炎凉之后的一种彻悟和看透，一种返璞归真和大智若愚。在佛教中，这就是一种解脱成佛的境界了。

当然，作者本人在这里并未直接明言佛门禅理，他只是在凭感觉体悟来表现内供的内心变化和心路历程，这也是一个作家的本分。但这种感觉无疑是与他自己一贯对人生的体验、特别是宗教体验有密切联系的。芥川从少年时代起就熟悉佛教文化和典籍，早在初中时他就热衷于对佛教的探索，在由后人整理出版的《未定稿集》中收录有中学时代芥川所写的探讨佛理的文章如《释迦》《菩提树——三年的回顾》等。[1]进入青年时代，他除了继续在佛教中寻求解脱之道外，同时还越来越关注基督教，所写的以基督教为主题的作品达七部之多。他自杀前完成的最后一部作品《西方人》和《续西方人》就是谈基督教的，死前枕边放的是一本打开着的《圣经》。这都是他在各种宗教，特别是佛教和基督教中寻求人生解脱、左冲右突而不得的表现。他有许多小说都取材于佛教传说和带有佛教意味的历史故事，就如这篇《鼻子》，不但描绘的是佛家的日常生活，而且取材于日本古代故事集《今昔物语》，而《今昔物语》则是受到众多民间的"佛教说话集"的影响演变而来

---

1 〔日〕稻田智慧子：《年谱》，见〔日〕关口安义、庄司达也编：《芥川龙之介全作品事典》，东京：勉诚出版社2000年版，第641页。

的"世俗说话"的代表作。[1]不过,在《今昔物语》中,《鼻子》那篇小故事并没有深入展示主人公的内心世界,只是说到一位身为内供的和尚,鼻长五六寸,呈紫红色,看上去就像一包橘子皮,已皲裂,奇痒难受。后来得一妙法,于酒壶中把水烧热,将鼻子放进热水中烫,再让人在上面踩踏,果然使鼻子缩短了。但过了几天,鼻子又自动恢复了原样。[2]芥川以这一简单的故事情节为依据而进行了合理的想象和创造,赋予了历史故事以现代人的心理体验,表达了他对人生的远为丰富的感受和思索。当然,更重要的还是小说本身所体现的这种禅意。如果不悉心体会,这层寓意就不容易把握到。

实际上,如果芥川真的如同人们所想的那样,通过插入上面所引的那一段直接的议论,把小说的主题限定在对人们的"旁观者的利己主义"的批判上的话,这种手法就只能说是一个败笔,犯了文学的大忌。例如三好行雄在其《芥川龙之介论》(筑摩书房1976年版)中就认为,关于"旁观者的利己主义"的那段话"有削弱主题深度之憾",并将这篇小说评价为"创意非常之浅"[3]。与众多盲目称赞的评论者不同,三好行雄说的是大实话,他说出的是自己对作品的直接感觉。但这种

---

1 见《中国大百科全书·外国文学》(第U卷),中国大百科全书出版社1982年版,第854页。
2 见《今昔物语》(第二十八卷),东京:集英社1979年版。
3 转引自〔日〕关口安义、庄司达也编:《芥川龙之介全作品事典》,东京:勉诚出版社2000年版,第450页。

感觉的前提却和其他人一样，是建立在对小说主题的上述通常的解释之上的。很难想象，一篇受到过夏目漱石这样的行家高度评价的作品会出现这种简单化和概念化的毛病。好的文学作品不应当把自己的主题立意用如此直白的方式说出来，而是会尽量用形象的不露痕迹的描述让主题自己流露出来，这正是芥川作品的拿手好戏。依我之见，芥川那段话的用意其实并不在于直接点明主题，而只是一种铺垫，为的是从外部环境来烘托内供的内心冲突。只有从这一角度，我们才能确切地把握这篇小说的内在意蕴和真正价值，从而理解到它究竟好在哪里。在我看来，小说的妙处主要并不在于对人性弱点的揭示和批评，而首先在于对人物内心力求摆脱烦恼的那种微妙情绪及其自然变化的刻画，但更妙的则是小说的结尾。

小说最发人深思的是最后一句话："内供在黎明的秋风中晃荡着长鼻子，心里喃喃自语道：这样一来，准没有人再笑我了。"[1]小说到这里戛然而止，显得如此漫不经心和随意带过，不注意的读者完全可能将这句关键性的话漏掉了。但其实这句话回味无穷，后面暗含着没有说出来的千言万语。首先，今后是否没有人再笑内供了，这完全是个未知数，更有可能他会一如既往地受到人们的嘲笑，甚至是更厉害的嘲笑。因为这时内供的事情经过反复，成为一个有趣的"故事"，人们讲起来会更加津津有味，更能满足他们的虐待心理。其次，正因

1《芥川龙之介小说选》，文洁若等译，人民文学出版社1981年版，第23页。

为如此，内供的这种喃喃自语不大可能是一种对未来的客观估计，而更有可能只是一种主观的担忧和祈愿，而这种祈愿表明内供虽然经过了类似于佛家三重境界的内心历程，却仍然无法摆脱世俗之见，害怕别人的嘲笑，最终还是以他人的眼光作为自己的价值标准，显露出内供心中人性固有的软弱。第三，由此可见，禅宗教人超脱的那些巧妙法门其实也并不是什么灵丹妙药，根本无法拯救人心，而是本身包含有自相矛盾的东西。因为，假如上述第三重境界"见山只是山，见水只是水"只是简单地忘掉第二重境界而回复到第一重境界，那么正如内供最初不得不从自然状态进入到矫揉造作和虚荣状态一样，人总是会有重新堕入第二重境界的可能，一切就又会从头开始，进入新一轮循环，人心将永无真正解脱之日；但假如第三重境界中必须包含有第二重境界，因而不是真正将第二重境界浑然忘却，而是在更高的阶段上回复到第一重境界，那同样会永远存在有第二和第三重境界之间的矛盾，交替地此消彼长，谁也克服不了谁。在两种情况下，最后的解脱都是不可能的。内供的那句话正表明了他重又向第二重境界的跌落。第四，这正好就证明作者虽然深谙佛理，但在思想上其实已经超出了佛家的限度，整个小说最后一转，反倒成为对佛家人生境界的一种不动声色的批判了。正如有的学者曾指出的那样："芥川觉悟到不能把解脱的希望寄托于宗教，对宗教的关注最终以失望而告终。这种彻悟没有使芥川如释重负，而是更把他引向了怀疑人性、虚无黯淡的道路。"[1]

芥川对佛教情怀的超越在其他小说中也可以找到佐证，例如他的另一篇著名的短篇小说《蜘蛛丝》中。[2]小说描述释迦牟尼在天堂俯瞰地狱，见一大盗在苦苦挣扎，念其曾偶尔对一只蜘蛛心怀恻隐之心，于是垂一蜘蛛丝救拔之。谁知大盗在沿丝攀援、即将获救之际，见其下众多鬼魂接踵而上，恐其坠断蛛丝，连累于己，于是怒喝众鬼魂松手，这时蜘蛛丝突然断掉，大盗重堕地狱。"世尊面露悲悯之色，又重新踱起步来"，而"极乐莲池里的莲花，并不理会这等事。那晶白如玉的花朵，掀动着花萼在世尊足畔款摆，花心之中金蕊送香，其香胜妙殊绝，普薰十方。极乐世界大约已近正午时分。"[3]

最后这段不动声色、悠游适意的描写，与地狱中的悲惨景象形成强烈的对照，颇具讽刺意味。这篇小说的寓意正好与《鼻子》一样，表面上可以解释为人心太黑暗，因自己的私心和恶念而不能得救，但背后隐含的意义却可以解释为宗教高高在上，并不关心人间地狱的真实痛苦，人类具有无法根除的原罪，根本不用妄想依靠信仰而得救。后一种解释应当说更适合芥川思想的发展，可以很好地说明他为什么从佛教突入基督教，并广泛涉猎犹太教、伊斯兰教等等，最终却并没有在宗教

---

[1] 邹波:《芥川龙之介的宗教思想》，载《日本学刊》1998年第6期，第131页。
[2]《红鸟》1918年第7期。《蜘蛛丝》的发表时间晚于《鼻子》两年，后收入《芥川龙之介小说选》，文洁若等译，人民文学出版社1981年版。
[3]《芥川龙之介小说选》，文洁若等译，人民文学出版社1981年版，第105页。

中获得解脱。他后来以自杀结束自己的生命，与他精神上的这种苦闷和无出路不无关系。例如他在晚期的一部涉及宗教的作品《河童·十七》中慨叹道："椰子花与竹子下／佛陀早已沉睡。／路边枯死的无花果树／基督也和它一起死了。"[1]这正是他在四处寻觅之后对一切宗教感到绝望的心境写照。

回头再看《鼻子》的深层寓意，我们就可以将其向更深层次挖掘，直挖到芥川思想中的内在矛盾，即佛家拯救思想对他的影响与他对这种思想的日益怀疑和批判态度之间的矛盾。

---

[1] 转引自邹波：《芥川龙之介的宗教思想》，《日本学刊》1998年第6期，第130页。

试论芥川龙之介《地狱变》中的心灵冲突

——兼与西方悲剧精神比较

芥川龙之介的小说名篇《地狱变》（又译作《地狱图》）发表于1918年，是他作为日本文学"新思潮派"代表人物的一篇力作，突出表现了新思潮派作家不满足于仅仅自然主义地模仿现实，或是理想主义地美化生活，而是力求表现人性中的永恒矛盾这一创作思路。鲁迅说："他的作品所用的主题，最多的是希望已达之后的不安，或者正不安时的心情"，"他想从含在这些材料里的古人的生活当中，寻出与自己的心情能够贴切的触着的或物，因此那些古代的故事经他改作之后，都注进新的生命去，便与现代人生出干系来了。"[1] "希望已达"而又"不安"，由"不安"而又带来"新的生命"，都是强调

---
* 原载于《江苏社会科学》2007 年第 1 期。
1 《鲁迅全集》（第十卷），人民文学出版社 1993 年版，第 221 页。

芥川作品所包含的内心冲突和矛盾，这是古代作品通常并不表现的。的确，据岩井宽说，芥川在17岁时就在《杂感》一文中表示："天才之人就是矛盾之人，超凡的生涯就是矛盾的生涯。……与时代相矛盾的就是时代的天才，与凡人相矛盾的就是平凡的哲人……内在的非凡常隐藏于外在的平凡。"[1]他还指出，芥川的《地狱变》取材于古代故事集《宇治拾遗物语·卷三》，"但这个借故事在虚构中描绘的人物，正是芥川自己"[2]。芥川借用古代作品题材所要发挥的思想往往都具有现代的人性挖掘的深层含义。

但历来芥川小说的不少研究者都习惯于从外部社会批判和单纯伦理道德的角度来评价芥川的《地狱变》，认为作品表现的仅仅是在社会的残酷现实压迫下人性的扭曲和丧失[3]，宫本显治甚至认为《地狱变》表达的是"野蛮的艺术"的"不幸的胜利"，并因此而把芥川的文学命名为"失败的文学"[4]。这就忽视了作品中所蕴含的象征性的永恒意义。本文试图对此做一些探究和比较。

《地狱变》讲的是堀川大公手下的画师良秀，是一个形象

1〔日〕岩井宽：《芥川龙之介：艺术与病理》，东京：金刚出版社1978年版第3次印刷，第185页。
2 同上，第47页。
3 赵迪生：《芥川龙之介〈地狱图〉人物形象评析》，载《日本研究》2000年第2期，以及下文日本学者的相关评论。
4 参看〔日〕鹤田欣也：《现代日本文学作品论》，东京：樱枫社1975年版，第41页，第30页。

丑陋、脾气古怪、傲慢自大、目空一切的怪人，但由于他在绘画上的名气和才气，颇得大公的器重，他的爱女还受到大公的照顾，安排在身边当女侍。良秀在艺术上有种疯魔的邪癖，专门喜欢以现实的人物为原型描绘妖魔鬼怪，人们都说他的画风有一股令人毛骨悚然的阴惨鬼气，他则鄙夷别人"全不懂丑中的美"；但同时，他对自己温顺娇美的独生女儿却溺爱到不顾一切，表现出人性的感人的一面。有一次，他奉大公之命画一幅《地狱变》的屏风，"他一提起画笔，除了画好画以外，世界上的什么事都忘了"，狂热得就像鬼迷了心窍。他把自己关在不见阳光的黑屋子里，白天黑夜神魂颠倒，不断做有关地狱的噩梦，还命令他的弟子们忍受各种不堪的虐待，以演示在地狱受难的情景，让他观摩。这样半月以后，画的大部分已经完成，只剩下最关键的部分还空着。于是良秀向大公请求制造一场悲惨的火灾，让一位穿着华贵的嫔妃锁在车内被活活烧死，他说只有亲眼看见了这一幕惊心动魄的惨剧，才能最后完成他的作品的核心部分。大公答应了他的请求，几天之后把他招来观摩火灾的现场。当良秀发现被锁在车中的恰恰是他自己最疼爱的女儿时，他陡然失色，伸出两臂，在燃烧起来的红红火光中，"睁圆的眼，吓歪的嘴，和瑟瑟发抖的脸上的肌肉，历历如画地写出了他心头的恐怖、悲哀、惊慌"，显出惨痛欲绝的神色。但是，正当火势最猛烈的时候，情况却起了变化：

最奇怪的，——是在火柱前木然站着的良秀，刚才还同落入地狱般在受罪的良秀，现在在他皱瘪的脸上，却发出了一种不能形容的光辉，这好像是一种神情恍惚的法悦的光。大概他已忘记身在大公的座前，两臂紧紧抱住胸口，昂然地站着，似乎在他眼中已不见婉转就死的闺女，而只有美丽的烈火，和火中殉难的美女，正感到无限的兴趣似的——观看着当前的一切。

奇怪的是这人似乎还十分高兴见到自己亲闺女临死的惨痛。不但如此，似乎这时候，他已不是一个凡人，样子极其威猛，像梦中所见的怒狮，骇得连无数被火焰惊起在四周飞鸣的夜鸟，也不敢飞近他的头边。可能那些无知的鸟，看见他头上有一圈圆光，犹如庄严的神。

……大家憋住呼吸，战战兢兢地，一眼不眨地，望着这个心中充满法悦的良秀，好像瞻仰开眼大佛一般。天空中，是一片销魂落魄的大火的怒吼，屹立不动的良秀，竟然是一种庄严而欢悦的气派。[1]

良秀完成了举世震惊的《地狱变》屏风画，"无论谁，凡见到过这座屏风的，即使平时最嫌恶良秀的人，也受到他严格

---

[1] 该篇引文均采自楼适夷先生译文，参看《芥川龙之介小说十一篇》，湖南人民出版社1980年版，第8—38页。

精神的影响,深深感受到火焰地狱的大苦难"。而良秀本人在画完这幅画后的第二天便悬梁自尽了。

小说的情节可以说是惊心动魄。然而,打动读者的是什么?是对封建统治者的愤恨?是对无辜少女的同情?是对黑暗社会扭曲人性的悲哀?都是,又都不完全是。这些虽然都在小说中有所体现,但在作者笔下都做了淡化或含蓄的处理。如整个事件的制造者堀川大公,其言行在小说中都是借助于他的侍者之口从旁介绍出来的,而模糊了他的行为的真正动机。人们当然可以猜测大公把画师的女儿收作女侍是别有用心,并由于未达目的而将她送进火场。但按照这位侍者的说法,这些都是"闲言闲语""流言",哪怕侍者有一回亲自撞见了姑娘几乎受辱的场合,也毕竟未证实那人就是大公。[1]所以认为大公将良秀的女儿烧死是出于不能得到她而进行报复,这只能说是一种合理的猜测,其实,说成是大公应良秀本人的要求这样做也是完全可以的。又如对良秀女儿的描绘,篇幅不多,主要是通过她与一只小猴子的友情表现她的善良、温柔的心地,虽然很感人,但并非小说的重点。至于对画师的性格的描述则是全篇的核心。但作者并没有把这一惨剧完全归结为外部社会原因,而是主要立足于人物的内心冲突;作者也没有站在道德的立场

---

[1] 日本学者近年来甚至有另一种解释,即认为那天晚上侵犯良秀女儿的人并不是大公,而正是良秀本人。参看〔日〕关口安义、庄司达也:《芥川龙之介全作品事典》,东京:勉诚出版社2000年版,第223页。

上对良秀的"丧失人性"进行谴责，他虽然引述了当时某些人的议论："有人骂他只知道绘画，连一点点父女之情都没有，是个人面兽心的坏蛋。那位横川的方丈，就是发此议论的一人，他常说：'不管艺道多高明，作为一个人，违反人伦五常，就该落入阿鼻地狱。'"但显然不能说这种观点就代表了作者的观点，因为作者接下来就说，由于看到了良秀的辉煌作品，包括那位方丈在内，便"再没有人说良秀的坏话了"。画师最后的自杀是一个悲剧的结局，但这是否就像有的评论所说的，表明了他的"艺术至上主义"的失败，说明最终还是道德战胜了艺术？这种观点把一个本来带有人性的永恒性的矛盾消解掉了，似乎一切问题都可以从一个固定的道德标准来衡量，这就使作品的深层意义受到了很大的限制。

其实，小说的结局是一个类似于黑格尔意义上的悲剧结局。黑格尔认为，最典型的悲剧就是两种同等合理的伦理力量的冲突借助于主人公的牺牲而得到调解，"因此在单纯的恐惧和悲剧的同情之上还有调解的感觉"[1]。他经常喜欢举的一个例子就是古希腊的著名悲剧、索福克勒斯的《安提贡》。安提贡的哥哥在对国王的叛乱中被打死，国王下令不准任何人收尸，违者将被处死；而和王子订了婚的安提贡违背国王的禁令收葬了她的兄弟，然后自杀了，王子也随后自杀。在这里，两

---

[1]〔德〕黑格尔：《美学》，第三卷（下），朱光潜译，商务印书馆1981年版，第289页。

种合理的伦理力量就是国王的法律和安提贡的亲情。安提贡用自己的死，既成全了亲情，又维护了法律的尊严。同样，在《地狱变》中，这两种伦理力量就是良秀对女儿的亲情和他对艺术的忠诚。虽然芥川未见得读过黑格尔的《美学》，但他对悲剧的这种理解的确达到了黑格尔所推崇的最高水平。

良秀对人性和对世界是看得很透的，在他眼中，人心是丑恶的，人生就是苦难，这个世界本身就是一个地狱，甚至"比地狱还地狱"。所以他要画地狱，就直接从现实世界去找现成的模特。但他从对人间地狱的真实的艺术刻画中获得了极大的精神快感，他陶醉于挖掘"丑中之美"，或者不如说追求"恶之华"，使艺术成为他超越人间苦难、拯救人性罪恶的唯一手段。这里无疑也表明芥川受到了当时自然主义和写实主义文艺观的影响，不仅主张艺术必须客观地反映现实（如良秀的创作原则："没亲眼见过的事物便画不出来"），而且让艺术的"美"和"真"结盟去取代已经变得日益肤浅和虚伪了的"善"的位置。然而另一方面，他作为一个有血有肉的凡人，又具有人的七情六欲，对自己的独生女儿有一种自然而然的父爱，这是任何"人性本恶"的观念都取消和否定不了的。按照他的艺术观，他心目中唯一美丽善良的女儿必须毁灭，以实现他对艺术的最高理想的追求，即把毁灭世上最美好的东西这件最大的罪恶栩栩如生地表现出来；但按照他作为一个慈爱的父亲的心，他甚至"想不到给女儿找一个好女婿"，他巴不得一辈子把女儿留在身边，不要受到任何外界的伤害。很难说良秀把自己这种父爱看作是一种"道德"或"善"，这只是一种自然情感甚至本能。但当他以自己的女儿作牺牲而去成全艺术的极品，这时他内心的矛盾冲突就上升到了道德和艺术的冲突了。当他向大公建议用一位美女做艺术的祭品时，他心目中的样板很可能就是自己的女儿（这从他头几晚梦见女儿在地狱等他，也可以证明），当然也未必就料到大公果真会选定他的女儿；但最说明问题的是，当他最后真的亲眼见到自己女儿被烧死时，他在经历了最初的自然本能的情感反应之后，所表现出来的那种不可思议的、超凡入圣的庄严肃穆，这是作者浓墨重彩大力渲染的，可说是达到了整篇小说的最高亮点。无论如何，良秀从内心中是准备为艺术而牺牲自己的亲情的，从他心甘情愿把自己的女儿送进地狱来说，他的行为违背了起码的道德伦常，甚至可以说是他亲手杀死了女儿；但他这样做的动机并不是别的什么世俗追求，而是艺术和美。正是这种惨痛牺牲的崇高性质给他带来了那种"法悦的光辉"，那种神圣的威严，正如《圣经》中的亚伯拉罕为上帝而献祭自己的独生子。艺术就相当于良秀的上帝，他面对爱女身上燃烧的大火，感到有如面对上帝的虔诚。

但上帝拯救了以撒，艺术却不能拯救良秀的女儿。相反，艺术恰好要靠千百万人的痛苦牺牲来养活，在这种意义上，艺术又相当于恶魔的仆从。所以芥川在《艺术和其他》一文中写道:"艺术家为了创作非凡的作品,有时候,有的场合难免要把灵魂出卖给魔鬼。"[1]良秀的形象正是芥川的夫子自道。歌德笔下的浮士德也正是把灵魂出卖给魔鬼而获得了创造的力量,成就了美的人生,而浮士德的灵魂最终为上帝所拯救。艺术也是这样,它并不致力于拯救人的肉体,而是提升人的灵魂。良秀的精神力量震慑了所有的人,包括大公这样刚愎自用、自以为是的主子,使他生平唯一的一次在大庭广众之前惊恐失态。所以,从小说中我们丝毫也看不出有什么批判"艺术至上主义"的思想,恰好相反,作者对艺术的超凡的伟力做了极度的赞美。但作者同时也表明,这种力量是残忍的,其代价甚至不是任何一个凡人所能够承受的。所以当良秀一度获得了这种力量,他就只有去死。但良秀的死不仅仅是为女儿殉情,同时也是为艺术殉道。因为他为艺术而放弃了自己在人间最起码的骨肉之情,再也没有作为一个有血有肉的存在继续活在人世间的理由,而他所达到的艺术高峰,由于不存在比《地狱变》更强烈、更美的艺术素材,也不再是他今后能够超越的了。[2]他以人间最珍贵的亲情,换取了最高级的艺术,他就像一个输光了本钱的赌徒,再也没有什么能够为艺术而抵押出去了。所以他的死对这两方面,即感人的亲情和崇高的艺

---

[1] 见〔日〕吉村稠、中谷克己:《芥川文艺的世界》,东京:明治书院1977年版。
[2] 据说芥川自杀的原因之一也是创作源泉的枯竭,他最终已感到没有东西可写。

术,具有一种"调解"作用。这两方面在现实生活中势不两立,在良秀心中形成剧烈的冲突,并实际造成了不可宽恕的罪恶;但由于良秀作为矛盾的承担者所做出的自我牺牲和对罪恶的自我惩罚,双方都最终得到了肯定,具有了永恒的价值。这就是良秀之死的崇高的悲剧意义,这就是我们从《地狱变》这一悲剧中所获得的在恐惧和同情之上的那种"调解的感觉"。由此我们也可以窥探芥川本人后来走向自杀的真正的心理动机,因为良秀这个人物的心灵冲突实在可以看作就是芥川的内心矛盾的写照。[1]

日本评论家吉田精一在评论《地狱变》时也认为,良秀的死虽然的确是他在现实生活中的失败,但他"内心却并无悔意",而这或许已经预示了芥川的必将自杀;但又主张,芥川并没有承受像谷崎润一郎那种"恶魔的美"和"人道"之间的"二律背反",在良秀身上所体现的是"只能从艺术中感受到生存价值、而将生活隶属于艺术的一个典型",所以芥川虽然心中也有"在艺术和伦理之间的竞争",但并没有走上反道德的歧路,而是比谷崎更好地做到了"生活与艺术的一致"。[2]吉田精一的这种观点至少比单从一个方面(道德

---

1 本篇中某些字句在本人发表于《华中师范大学学报》2007年第5期上的《论芥川龙之介小说中人性的边界》中有关《地狱变》的部分所采用,所以未免有少数重复之处,但用意并不相同。
2 参看〔日〕吉田精一:《芥川龙之介·2》,东京:樱枫社1981年版,第69—70页。

或艺术）来评价《地狱变》要更为全面。但遗憾的是，他似乎又忽视了另一方面，即双方冲突的一面，对芥川所达到的这种"一致"的矛盾内涵估计不足。实际上，良秀或芥川的"生活和艺术的一致"并不是由一方"隶属于"另一方来实现的，而是由对立双方剧烈的冲突、矛盾和主人公的自我毁灭所造成的，正是这种矛盾和毁灭，表明了人道和美二者都具有超越于个人生命之上的精神力量和崇高性。所以芥川虽然没有像谷崎润一郎那样走向片面的"恶之赞美"，但正因为如此，他的内心冲突其实比谷崎更激烈、更深刻，而冲突双方在调解后的一致，由于不是靠牺牲任何一方、从属于任何一方而达成的，也就更和悦、更超迈。所以正宗白鸟对《地狱变》的赞扬是该作品当之无愧的，他说："在我所读过的作品中，我毫不犹豫地推赞这一篇为芥川之最高杰作。在明治以来的日本文学史上也是绽放特异光彩的名作……是芥川与生俱来的才能及十多年修养的结晶。"[1]

但是，有必要指出，芥川的《地狱变》虽然在伦理观念上符合黑格尔所总结的古希腊悲剧模式，然而仔细比较起来仍然有一些重要的差别。一个最明显的差别在于，在古希腊悲剧中，例如在《安提贡》中，冲突并没有表现为强烈的心灵冲突，而只是道义冲突。两种不同的道义力量即亲情和法律体现

---

[1] 参看〔日〕鹤田欣也：《现代日本文学作品论》，东京：樱枫社1975年版，第30页。

在不同的人身上，安提贡的自杀其实是抗拒法律而殉情，而代表法律的克瑞翁，由于蔑视亲情，也由于自己的儿子即安提贡的未婚夫的自杀而受到了惩罚。只是从第三者（例如合唱队）的立场上来看，我们才可以说两种完全合理的伦理力量由于当事人的死而获得了调解，而在每个当事人那里却仍然是片面地坚持一方而排斥另一方，这种矛盾冲突仍然是外在的。例如安提贡在被国王克瑞翁抓获时，国王问她："你知道我的命令么？"她坚定地回答："我知道"，"但这不是永生的神祇所发的命令。而我知道别的一种命令，那不是今天或明天的，而是永久的，谁也不知道它来自何处。无人可以违犯这种命令而不引起神祇的愤怒；也就是这种神圣的命令迫使我不能让我的母亲的儿子暴尸不葬。"[1]而国王的态度也是针锋相对，甚至可以说是"大义灭亲"，他不顾安提贡是自己的外甥女和自己儿子的未婚妻，为维护法律的尊严而毅然将安提贡送进了坟墓。

与此相反，良秀的冲突则是完全的内心冲突，对艺术的追求和对女儿的爱都是他绝不可能放弃的，因此这种冲突就特别显得深刻和尖锐。芥川的这种着眼于内心冲突的悲剧在古希腊是找不到的，应当说是现代悲剧的特色。对古代悲剧和现代悲剧的这一差别，黑格尔也做过分析，他提到这样一种"在近代常见的"、而"在古代悲剧里很少见的"现象："单凭单纯主

---

[1] 参看〔德〕斯威布：《希腊的神话和传说》，楚图南译，人民文学出版社1984年版，第254—255页。

体方面的旨趣和性格，如统治欲，恋爱，荣誉乃至其他情欲之类去抉择行动，而这类动机只有从个别人物的特殊性格和自然倾向中才找得出辩护理由。"[1]他还明确指出，"近代悲剧却一开始就在自己的领域里采用主体性原则。所以它用作对象和内容的是人物的主体方面的内心生活，不像古典艺术那样体现一些伦理力量"。因此他对近代悲剧的评价不如对古代悲剧的评价高，觉得它太陷入个人的癖性。但他自己却也承认，即使在近代悲剧中，"跟这种个性化和主体性相对立，人物所抱的目的有时也可能具有普遍意义和涉及较广泛的内容，有时也可能被主体看作本身具有实体性而力图实现"。如歌德的《浮士德》就是这样，"在大体上这部悲剧企图对主体的有限知识与绝对真理的本质和现象的探索这两方面之间的矛盾找出一种悲剧式的和解"[2]。黑格尔的这种动摇可以看作向现代悲剧意识的一种过渡。

芥川所揭示的良秀的内心冲突显然更多地受到近代和现代悲剧意识的影响。芥川从学生时代起就沉浸于现代西方的哲学和艺术氛围之中，叔本华、尼采、斯特林堡等人是他经常提到的名字，他还以基督教精神为题材写过一个悲剧故事《奉教人之死》，都显示了他的视野中包容了西方近代和现代的悲剧精

---

[1]〔德〕黑格尔：《美学》，第三卷（下），朱光潜译，商务印书馆1981年版，第306页。
[2] 同上，第319—320页。

神。因此我们完全可以把他的《地狱变》中的悲剧冲突看作一种现代人的精神冲突。这就是前面所引鲁迅说的"那些古代的故事经他改作之后，都注进新的生命去，便与现代人生出干系来了"的意思。然而，单是这样理解，似乎又还不足以充分揭示这篇小说的特点。应当说，同样是现代人的精神冲突，芥川的《地狱变》也带上了日本民族的传统特色。这不仅仅是指他的描写方式完全是日本式的，具有细腻、雅致、华丽、含蓄的特点，而且这种对人物内心微妙情感冲突的把握其实也正是日本文学的一个传统，只是芥川将它用西方现代的矛盾人格加以充实和发挥到极致了而已。

在这方面，我们可以引证日本最古老的文学文本之一《古事记》中的一段故事。公元700多年成书的日本神话传说《古事记》中，就有这样一个类似于古希腊悲剧《安提贡》的故事，说垂仁天皇的宠妃沙本姬的哥哥想篡夺皇位，怂恿沙本姬趁天皇熟睡时杀掉天皇，但沙本姬不忍心下手，导致阴谋败露，天皇派兵包围了哥哥的城堡。但沙本姬却私下投奔城堡，生下了小皇子，又在阵前把皇子抱给天皇看，托付了养育孩子、给孩子取名及天皇续娶的后事，然后返回城堡与哥哥死在一起。[1]同样是两种相互冲突的伦理力量（亲情和国家王法）的冲突，同样是当事人的死，达成了这两种伦理力量的和解，但沙本姬与

---

[1] 对这一悲剧的分析，参看拙文《从〈古事记〉看日本妇女性格的形成》，载《湖北大学学报》2004年第3期。

安提贡不同，她不是只代表冲突的一方，而是同时代表双方，使这两种观念的冲突在她自己一个人的内心中剧烈地纠缠，并以自己决绝的死同时彰显了两种伦理价值的伟大和神圣。不过，由于古人思想感情的朴素性，以及日本古代文献用汉字书写，行文非常简洁，不可能深入到人物内心深处和各种细节，所以这个故事并没有像现代悲剧那样着力渲染人物在痛苦中的内心感受，而只是采用外部动作和语言的白描的方式来表现和暗示人物的内心活动。芥川《地狱变》的悲剧则正是在这方面对日本传统悲剧意识的一个大大的提升，它突出表现了主人公那细致而复杂的内心冲突。但他也并没有采用大段的内心独白或心理描写的手法，而仍然是东方式的外部形态描写，只不过这种描写比起古代作品的白描来要更加富有情节和色彩得多。他依托了各种外部环境的烘托和气氛的营造来表现人物的内心，却没有一句直接抒发内心情感的话，从头至尾都是通过外人的评论和细细描写事情本身的发展进程，而让读者去猜测人物的思想，具有典型日本式的含蓄。所以，芥川龙之介的这部作品可以称得上是古今、东西艺术精神相互完美融合的结晶。

总之，芥川的《地狱变》并没有用人之常情去否定艺术，也没有用艺术去否定人之常情，而是通过良秀和他的女儿的悲剧，表现了人心中"太人性的"方面和"超人"的方面之间的巨大的张力和永恒的矛盾，大大拓展和深化了我们对艺术家和人性的深层境况的了解。

论芥川龙之介小说中的人性边界[*]

芥川龙之介(1892—1927)是日本现代文学史上公认的"鬼才"。所谓"鬼才",不仅意味着他才华出众,在短短的35岁生命中就创作出140余篇高质量的短篇小说,其中包含不少惊世之作;而且更重要的是反映了人们对他作品的思想所感到的震惊,因为他触摸到了一般人都从来没有想到过的人性的边界。什么是人性的边界?有两方面,一方面是人与兽的边界,一方面是人与神的边界。也可以说,一方面是人与非人的边界,一方面是人与超人的边界。人平时处于这两条边界之间,在庸常的生活中自我感觉良好,似乎他的可能性是无限的;只有在某些特殊的场合下,人性的边界才向他崭露出来,

---

[*] 本文原载于《华中师范大学学报(人文社科版)》2007年第3期。

令他感到困惑,感到惊心动魄,意识到自己的有限性。芥川的许多作品就是以冷峻的笔力,致力于把人带到这种边界上,让人对自己的本性进行一番全新的审视。[1]

芥川对人性边界的触摸可以分为三个层次,一层比一层深入。首先是人生面具剥离的层次,其次是自我怀疑的层次,最后是自我超越的层次。

一、人生面具的剥离

芥川早期的一些作品在人性的边界方面关注更多的是人借以谋生的面具问题,通过对这种面具的剥离,揭示了人性与面具的分离,表明人生的面具对人性的边界具有一贯的和顽强的遮蔽性,一个人往往只有到死,当面具已经失去作用时,他的真实本性才有可能显露出来,也才可能开始勘察人性的边界,但这时显然为时已晚。

在《火男面具》(ひょっとこ)(1914)中,芥川描写了一

---

[1] 日本的研究者通常把芥川的这种倾向称之为"人格的解体",如小林秀雄、平野谦等人都有这种说法;佐藤泰正甚至认为芥川由此而在作品中体现了"小说本身的解体",以及"讲述者主体之不在场和深重的空白感"。参看〔日〕佐藤泰正:《芥川龙之介论》,东京:翰林书房2000年版,第7、9页。但这种观点并未揭示出芥川的真正意图,即表达人性的矛盾及其冲突的边界。

个一辈子都在说谎的平吉，他只有在偶尔喝醉了酒时才露出天真和率性的本色，但醒来后又为自己的那种本色的表演感到惭愧，说自己"简直是发疯了"，觉得还是平日里的说谎生涯才是真正的自己。他的说谎不是为了任何具体的目的，而是已经成了一种很自然的习惯，不说谎才是很奇怪的事。他所有的生平故事都是他自己信口编造出来的。"要是从人们所知道的平吉的一生中抽掉这些谎话，肯定是什么也剩不下了。"直到他有一次在醉后戴着火男面具狂舞时突然中风倒下，在咽气之前，他才用极低微的声音请人家帮自己把面具摘了。"然而火男面具下面的脸，已经不是平吉平时的脸了"，它彻底改变了模样，"完全没有变的只是那个噘着嘴的火男面具，它被撂在船舱里的红毯子上，以滑稽的表情安详地仰望着平吉的脸"[1]。平吉的一生究竟是个什么人，非但别人不清楚，就连平吉自己也搞不清，也许他根本就不曾存在，他本人只是一个滑稽的面具，甚至只是一个可笑的谎言。[2]

《鼻子》（1916）是芥川的成名作。禅智内供长着一个特别长的鼻子，不但生活很不方便，而且遭到人们的嘲笑，感到

---

[1] 参看《芥川龙之介小说选》，文洁若译，人民文学出版社1981年版，第8页。
[2] 西原千博引述奥野政元的话："自由和价值，正像平吉也感觉到的那样，就在酒和谎言之中"；并对此评论道："我们可以看到这里作者的主张，即并非现实，而正是谎言才是本质的、不变的东西。而且，正是具有这样一种认识，才能使人成为小说家。只有以这部作品才能作为芥川小说的出发点。"见〔日〕庄司达也、关口安文主编：《芥川龙之介全作品事典》，东京：勉诚出版社2000年版，第472页。

很苦恼。他想尽了一切办法将鼻子缩短，或是自我安慰，都归于无效。最后采用了一种由中国传来的秘技，终于把鼻子缩短了，却反而招来了众人更厉害的嘲笑，笑他缩短鼻子的这一举动。直到有一天，他的鼻子又恢复了原状，他才松了一口气，自言自语道："这样一来，准没有人再笑我了。"内供与平吉具有同样的人格原型，但表现方式相反。内供的长鼻子也是他人生的面具，但他不满意这个面具，因为别人不认可，于是想把鼻子变短来求得别人的认可，没想到适得其反。在他心目中，人的一生最大的问题似乎就是鼻子的问题，也就是面子的问题。面子上所受到的挫折并没有促使他返回到内心，或是看透人性的根柢，而只是促使他在面子上反复纠缠，永无解脱。当一个人一辈子所关注的只有自己的面具时，面具底下的东西就被遮蔽起来了，人性的边界永远在这种人的视野之外。如果说在前一个故事中，平吉的面具剥离是由于死神降临而由旁人执行的话，那么在这个故事中面具的改变则是由当事人内供自己为了重建一个新面具而进行的，总之是只要人活在世上，就始终处于面具的遮蔽之中。[1]

《父》（1916）讲的是"我"的一个中学同学能势，人很

---

[1] 驹尺喜美把《鼻子》的主题归结为"矛盾的同时存在"和"人生价值的相对性"；并且认为芥川作为"知矛盾者""知苦恼者"，具有"虽知其矛盾却仍然向着自己的信念前进的人的自觉"。见他所著：《芥川龙之介的世界》，法政大学出版局1982年版，第34、62页。我认为，这种"人的自觉"正是对于人性中矛盾的升级和最终无法摆脱矛盾这一点的彻悟。由这一彻悟芥川才开始了对人性边界的反思。

聪明，特别是具有当众表演和搞笑逗乐的才能，他就靠这门本事博得了班上同学和老师的好评。有一次班上集体去旅行，在火车站等车时，能势施展自己的才能，给车站上来来往往的人取各种损人的诨名，进行刻薄的嘲笑，在这件事上同学们无人可以和他相匹敌，由此他也获得了大伙儿的推崇。这时有人发现一个穿着古怪的老头儿正在看列车时刻表，同学们纷纷央求能势拿他来取笑一番，只有"我"认得那老头正是能势的父亲，他是出于对儿子的关心而偷偷地到车站来看出发的场面的。"我"正要提醒大家不要乱来，能势却为了获取大家的欢心，说道："那家伙吗？他是个伦敦乞丐！"大家果然都哄堂大笑，并对能势的父亲做了借题发挥的嘲弄和模仿。"我"却为能势感到深深的羞耻，甚至不敢看能势的脸。后来能势因病去世，"我"在致悼词时特意加上了一句："你素日孝敬父母……"

显然，能势的能言善侃同样也是他的一副面具，他没有意识到面具底下自己的真我，而是适应面具本身的要求、也就是适应他人的要求而践踏了自我，丧失了自我，只剩下面具上所代表的那个虚假的自我。但这里与前两篇小说不同的是多了一个作为旁观者的"我"。在"我"的心目中，能势的那个自以为"露脸"的举动一脚踏空了人性的边界，不但丢尽了他自己的脸，也丢尽了人类的脸，使"我"丧失了做人的信心。所以"我"有必要在悼词中加上那一句自我安慰的假话，不是为能势挽回面子，而是要为人类挽回面子。但正因为明知是假话，所以在悼词的后面反倒有一种不露声色的无奈和悲哀。人生的面具在这里实际上是由旁观者的"我"帮能势剥离下来的，"我"在这面具下面看到了一个黑暗的深渊，使"我"大吃一惊，不敢正视，于是在剥下面具之后，权且用假话把露出的黑洞遮盖起来。但怀疑已经产生，它激发人开始向人性的边界冲击。

二、自我怀疑

向人性边界的冲击是从人的自我怀疑开始的。自我怀疑就是自我反省。在达到这一境界之前，不论是平吉、禅智内供还是能势，都没有自我怀疑，都回避自我反省。《父》中的"我"已经开始有了自我反省，他从能势身上看到了自己的可能性，开始失去了内心的平衡。但他又通过有意识地说假话来恢复平衡，而这恰好表明对人性的怀疑已经从中萌发了。到了自我怀疑层次，一切假话都失效了，人开始陷入了深深的苦恼。

《疑惑》（1919）一篇讲一个男人对自己犯罪本心的终生困惑。中村玄道向"我"讲述，在一次大地震中他眼见妻子被压在屋梁下，即将被大火烧死，在尽一切努力援救妻子无望的情况下，为了减少妻子临死的痛苦，便用屋瓦砸死了妻子。事后，尽管所有的人都不会因为这件事责怪他，更不会由此而要他负法律责任，他却始终对这事讳莫如深，同时又耿耿于怀。"当时我觉得这完全是因为自己懦弱所致。可是这又不单单是懦弱的问题，实际上有一个更重要的原因在深处作祟。从我打算再婚到将重新开始新的生活为止，我本身对这一原因也是莫名其妙的。可是当我明白其所以然时，我在精神上只能是个可怜的败将，我已经没有资格重新过普通人的生活了。"[1]到底是什么原因呢？他说到在他答应再婚到举行婚礼这段时间所发生的两件事，一是他在书店里看到描绘当时地震情景的画报，其中有一幅画正是画他的妻子被压在屋梁下的场面，这促使他再次疑惑："我果真是在不得已的情况下才杀死妻子的吗？……难道我对妻子早就存有杀意了？难道是大地震替我造成杀妻的机缘了？"如果不是这样，自己又为什么要隐瞒呢？他想到妻子在生理上有缺陷，更加相信在大地震这样的混乱场合，在一切社会束缚都失效时，是自己罪恶的自私心促使他杀害了妻子。二是他有次偶然听人说起，酒店的老板娘也是被一根屋梁压住了身子，但后来大火烧断了屋梁，老板娘得以逃生。他听了后竟当场昏了过去，醒来后，越发感到自己罪大恶极，是自己故意杀害了本来可能获救的妻子。他因此觉得自己不配再结婚，甚至

---

[1] 参看《芥川龙之介小说选》，文洁若等译：《芥川龙之介小说选》，人民文学出版社1981年版，第175页。

萌生了要取消婚约的想法,但又没有勇气公开承认为什么要毁约。直到结婚的日期来临,他终于在婚礼上绝望而恐怖地大叫起来:"我杀了人!我罪该万死!"于是被人当作了疯子。故事的末尾,中村玄道向"我"反问道:"即使我成了疯子,致使我发疯的不正是潜藏在我们人类心底里的怪物吗?只要这种怪物存在一天,那么今天嘲笑我的那些家伙明天也准会和我一样成为疯人的。"

的确,以常人的眼光看来,把自己本来没有的动机通过逻辑推论硬从自己心底里面(或者用弗洛伊德的说法:从"潜意识"里面)逼出来,这种人即使不是疯子,也是自寻烦恼到不正常了。一个人不相信自己的自我感觉,他还能相信什么呢?但对中村(或芥川)来说,自我感觉是不可靠的,自以为的"本心"往往隐藏着自欺。人要能够突破这层自欺,才有可能触及人性的边界,展示人生的真相。如何突破自欺?不能依靠自我感觉的"诚",而只有一种办法,就是依靠超越于直接的自我感觉之上的逻辑。当我们运用这种逻辑推论于自身时,我们实际上就把自己当作了一个陌生人,我们已经不关心自己在自我感觉中"实际上"是什么样的,而只关心我们"可能"是什么样的。这当然有可能是自寻烦恼,但它能够使人获得对自我的警觉,防止伪善,从而深入探究人性的边界,由此把人性导向深刻和丰富。所以自我怀疑在芥川那里成了人性的必修课,不经过这一课的人性肯定是肤浅的。[1]

《竹林中》（1921）这篇小说与前一篇有异曲同工之妙。《疑惑》是从一个人的内心对自己的自我感觉发出疑问，这一篇则是由同一件事的几种不同的说法，从外部印证了每个人的自我感觉都值得怀疑。小说讲述了一件扑朔迷离的人命案，当事人是一对夫妇和一个强盗，在案中，丈夫被杀，妻子被奸污，强盗落网。但强盗的供词、女人的忏悔和丈夫鬼魂的自白提供了事情真相的三个完全不同的版本。按照强盗的说法，自己是见色起心的凶手，是他把两夫妇骗进竹林，出其不意制服了男的，将他捆在树上，塞住了嘴，又奸污了女的。他本来不想杀人，但女的说如果他和她丈夫两人中不论哪一个活下来，她都愿意跟他。这就促使强盗将她丈夫从树上解下来，去和他决斗。决斗的结果是强盗获胜，丈夫被杀，女人却趁此机会逃脱了。但是按照女人在寺庙里忏悔的说法，是自己被奸污后，强盗不知去向，她看着被绑在树上的丈夫，发现他以一种冷冰冰的蔑视和憎恶的眼光看着她。于是她对丈夫说："你呀，事情已经是这样了，我再也不能跟你在一块儿啦。我打算一死了之。可是……可是请你也死掉。你看到了我的耻辱，我不能让你一个人就这样活下去。"于是就把丈

---

[1] 驹尺喜美把该篇的主题说成是："对于纯粹要活下去的人来说，这世界多么冷酷，谁也不愿意理解他，甚至最后被当作疯子看待"，因而"充满着一种人们根本就不予理解的悲调"。见驹尺喜美：《芥川龙之介的世界》，东京：法政大学出版局1982年版，第91页。似乎作者的意图只是要对社会的冷漠加以控诉，而不是对人性本身的边界加以挖掘。这就完全偏离了小说的重心。

夫杀了，然后自杀未遂，她不知道自己今后怎么办才好。最后，按照丈夫鬼魂的说法，是他当时被绑在树上，眼睁睁地看着自己的妻子被奸污，既动弹不了，又说不出话来。强盗事毕后花言巧语地劝说妻子跟他走，做他的老婆。妻子竟然答应了，条件是要强盗把自己的丈夫杀掉。但这个要求连强盗听了也害怕起来，一脚踢倒了女人，反过来征求丈夫的意见：是杀掉这个女人还是饶她一命？女人趁丈夫犹疑之际逃跑了，强盗没能追上，就将绑丈夫的绳子斩断一处，也离开了。丈夫挣脱之后，绝望之中自杀身亡。

三个人，三种不同的说法，每个人都说自己是杀人者，每个人的说法都言之成理，天衣无缝，合乎人之常情。但其中至少有两个人是说的假话。不过，究竟谁的说法是事情的真相，这个问题在小说中并不重要。芥川讲这个故事也不是要写一篇侦探小说，而恰好是要用这种自相矛盾的说法揭示常识的虚假，激发人们对自己平常觉得合情合理的事物产生一种根本的怀疑。[1]实际上，这三个人的供词都有一个共同的特点，就

---

[1] 本篇在日本文学评论界引起的评论众说纷纭，有人认为作品表达了人生的真相无法把握，要么三个主人公各自都讲述了真相，要么是作者有意让读者从三种说法中挑选出自己认为最"美"的；另有人则反对这种相对主义和怀疑主义的论点，主张作者一开始就是"设想了真相之后才执笔的"，是一篇优秀的"推理小说"，如此等等。参看〔日〕佐藤泰正：《芥川龙之介论》，东京：翰林书房2000年版，第71—72页。这些论点都没有结合芥川对人性本质的不可确定性的认识来讨论作品的思想内涵，而后者正是本文所关注的重点。

是每篇供词都与说话人自己立身处世的面具最为吻合。例如，强盗在说完供词之后，要求对自己"处以极刑"，并且"气概昂然"，他觉得自己即使做了恶事，也仍然是光明磊落的；妻子则以自己的忏悔表现了一个弱女子的外柔内刚，但最终使自己显得是一个值得世人同情的无辜者；丈夫则把自己的嫉妒和宁死也不忍辱含垢的男人气质表现得淋漓尽致。而反过来看，按照每个人的叙述，其他的人都多少有某种不光彩的地方。然而，正因为三个人的说法互相不合，而只与他们每个人自己做人的面具相吻合，所以这些面具本身就通通是值得怀疑的了。佐藤泰正认为，我们没有必要在三人中确定何者所讲述的是事实，我们"只能将事实寄托在虚构的东西上，以这种寄托来拯救自己，其愚钝、其限度，通常我们都可以在这三人的陈述中，也就是在我们自身中找到吧"[1]。确实，人在现实中每每都对自己的行为赋予自己所想要赋予的解释，甚至不自觉地歪曲事实，使之具有一种表面上的一贯性和人格同一性。人只有通过与他人进行一种换位思考，才有可能看出自身的破绽。

由换位思考而导致的自我怀疑体现在《母》（1921）中。小说写一个刚刚失去了孩子的母亲野村敏子，被隔壁婴儿的哭声所困扰，与丈夫搬家到三楼。一个偶然的机会两个母亲相遇

---

[1]《芥川龙之介论》，东京：翰林书房 2000 年版，第 79 页。佐藤还认为芥川写这篇小说的用意是对当时泛滥的"私小说"那种自以为真诚的"告白"的尖锐批判，甚至是对自己以往类似倾向的"自我批判"（见第 81 页），这是很深刻的。

了，敏子由衷地夸奖婴儿长得可爱，对方则虽然同情敏子丧子的不幸，但却抑制不住"一股洋洋得意的心情直往上涌，这情绪是女子压抑不了的"。后来敏子夫妇又迁居到另一个城市，有一天从那位母亲的来信中得知她的婴儿也得病死了，敏子在瞬间的惋惜和慨叹后，"马上快活地拍打着美丽的双手"，要去把自己最喜爱的文鸟放生，说是为死去的婴儿"祈福"，面上却带着"一种几乎难以平静、幸福之极的微笑"。连她的丈夫都感到"妻子这种微笑中有着某种刻薄的成分，它颇像一种可怕的势力隐藏在阳光沐浴下的草木深处，时不时监视着人们"。丈夫随后点破了妻子这种幸灾乐祸的心思，这时敏子突然脸色苍白，沉默良久之后，她问丈夫："我，是我可恶吗？那婴儿之死……"，"我为婴儿的死去感到高兴，尽管我感到那是很可怜悯的事，但我还是感到高兴，感到高兴不应该吗？喂，不应该吗？"她的声音"空前地粗犷有力"，男的无法回答，"似乎有一种非人力所及的东西俨然耸立在面前挡住了去路。"

应当说，敏子和她的丈夫都是极有教养和同情心的好人，所以他们才能够有如此深刻的自我反省。那种"空前地粗犷有力"和"非人力所及的东西"，就是人性的边界。我们通常认为母性是最无私、最正当的，母亲就是真和美的化身。但通过反省，敏子开始怀疑这种母性的正当性了。动物也有本能的母性，这种本能如果不上升到更高的人性，它也有可能是最自私、最残酷的。敏子内心的动物本能和人性在搏斗，她触及到了人性和兽性的边界，并为此而感到震惊和困惑。但从另一方面说，这恰好是从边界上升起的人性的曙光。

而这人性的曙光，只有以自我超越的形式才能撼人心魄地表现出来。

三、自我超越

抵达人性的边界所发生的自我超越也有各种不同的类型。其实，即使在平凡的日常生活中，有时由于人性本身的充盈和丰满，也可以激发出耀眼的人性闪光，照亮人性边界的另一端，揭示出一个超人的神圣境界。例如在《弃儿》（1920）这篇小说中，芥川描写了一个出生即被遗弃、而由寺庙收养的男孩，住持和尚给他取名"勇之助"。他五岁那年，来了一个三十多岁的妇人，向住持讲述了一个感人的故事，说自己当年因为家里一时困难、不得已舍弃了儿子，后来日子稍为宽裕、丈夫和另一个儿子又先后去世，孤身一人的她挨过了半年没有情感寄托的生活，产生了领回自己遗弃的儿子的强烈渴望，今日特地远道赶来，要认领自己的儿子。妇人的真情感动了住持，于是安排他们母子相认，勇之助跟着母亲回了家，由母亲含辛茹苦抚养成人。但勇之助后来打听到他的母亲其实并不是他的亲生母亲,并在老家的户口档案里查到,当年出生的并不是个男孩,而是个女孩,三个月大就死了。但他并没有把自己的这一发现告诉母亲,直到她去世。当勇之助对小说中的"我"讲述这件事时,"我"忍不住问他为什么不把这事告诉母亲,他的回答是:"因为从我口里讲出这种话来,对母亲未免过分残酷了。这件事,一直到她去世,母亲也没向我吐露过一个字。就是说,她大概也觉得,向我谈及这件事对我也未免太残酷了。"他并且告诉"我",说他得知自己不是母亲的亲生儿子后,他对母亲的感情有一个转化:"比起从前来,我更觉得母亲和蔼可亲,因为知道秘密之后,对我这个弃儿来说,母亲是一个超过生身母亲的人了。"而"我"内心的评价则是:"他仿佛不曾觉察,他自己也是一个超过人子的人呢。"

"超过生身母亲的人"和"超过人子的人",都达到了人性的边界,沐浴了"超人"的圣洁的光辉。这种超人不是尼采的超人,而是人性的理想。我们可以把这里的母亲和《母》中的敏子比较一下,就会见出两种境界的层次差异。母爱在这里已达到了摆脱"人之常情"的超越性的高度,但又还是充满人间温情的,它是介于人性和神性之间的边界。

另一种类型则显示出激烈的心灵跌宕,可以举芥川的一篇寓言体的小说为例,这就是描写一只狗的经历的《小白》(1923)。小白是主人所豢养的一只温顺的白狗,有一次在街头撞见一个宰狗的人正要对它的一只最要好的狗小黑下手，它刚刚要叫小黑当心，却被宰狗者恶狠狠地瞪了一眼，不敢吱声而仓皇逃命，以致自己的好友惨遭屠杀。小白逃回主人的住处，没想到主人已经不认识它了，因为它全身变成了黑色。从此它带着这一耻辱的毛色被主人赶出了家门，成了一只流浪狗。由于对自己的怯懦行为感到深深的羞耻和痛悔，所以后来小白成为一只见义勇为的"义犬"，它多次奋力拯救出危急中的小狗、小猫和儿童等，甚至还和四处伤人的西伯利亚狼勇敢搏斗，居然咬败了大狼！它的事迹经常见报，但它每次都功成身退，不留踪迹，因为它做这些好事不是为了流芳百世，而只是为了洗刷自己的罪过。但最后，它认为自己是永远也洗不掉那一身黑色的印记了，于是准备自杀。在自杀前，它最后一次来到原先的主人家，却被主人认出它就是走失很久的小白，原来它的一身皮毛又恢复成白色了。[1]

  小说的寓意很明显，实际上是标出了人性的两条边界，即一方面由于求生的本能而见死不救，跌到了非人的边界上；另一方面是见义勇为，确证了超人的边界。而在这两极之间，则是人性的悔过之心，是人的良知。正是这种良知，使人性在跌落到非人的边界时产生了一个有力的反弹，使人跃升到了超人的边界。实际上，出于人性生来的弱点，人在生活中犯错误，

---

[1] 参看《芥川龙之介小说选》，文洁若等译，人民文学出版社1981年版，第323–331页。

甚至犯下不可饶恕的罪过，往往都是难免的。但人与野兽的不同之处恰好在于他在犯罪之后能够知罪，能够忏悔，"知耻者近勇"。人性的边界不是用来限制人的，而是用来衡量人的。在这种衡量标准之下，同一个人，如果他有良知的话，完全可以从这一极通过自我超越提升到另一极，一个懦夫可以变成一位英雄，一名刽子手也可能成为一位圣人的。[1]

但在芥川那里，人性的自我超越的极致是以悲剧的方式来体现的，这就是他的名作《地狱变》（1918）。这篇小说演绎的是一个典型的人性悲剧，讲的是堀川大公手下的画师良秀，由于他在绘画上的名气和才气，颇得大公的器重，他的爱女还受到大公的照顾，安排在大公身边当女侍。良秀在艺术上有种疯魔的邪癖，专门喜欢以现实的人物为原型描绘妖魔鬼怪，人们都说他的画风有一股令人毛骨悚然的阴惨鬼气，他则鄙夷别人"全不懂丑中的美"；但同时，他对自己温顺娇美的独生女儿却溺爱到不顾一切，表现出人性中感人的一面。有一次，他奉大公之命画一幅《地狱变》的屏风，画的大部分已经完成，只剩下最关键的部分还空着。于是良秀向大公请求制造一场悲惨的火灾，让一位穿着华贵的嫔妃锁在车内被活活烧死，他说只有亲眼看见了这一幕惊心动魄的惨剧，才能最后完成他

---

[1] 佐藤泰正认为，该篇是作者"借用童话体来描写由存在所孕育的原罪和由恩宠所带来的拯救的密义"，表明作者内心在愤世嫉俗的同时并未泯灭伦理和宗教的资质。见《芥川龙之介论》，东京：翰林书房2000年版，第144页。

的作品的核心部分。大公答应了他的请求，几天之后把他招来观摩火灾的现场。良秀发现被锁在车中的恰恰是他自己最疼爱的女儿，他陡然失色，伸出两臂，在燃烧起来的红红火光中，显出惨痛欲绝的神色。但是，正当火势最猛烈的时候，情况却起了变化："在火柱前木然站着的良秀，刚才还同落入地狱般在受罪的良秀，现在在他皱瘪的脸上，却发出了一种不能形容的光辉，这好像是一种神情恍惚的法悦的光。大概他已忘记身在大公的座前，两臂紧紧抱住胸口，昂然地站着，似乎在他眼中已不见婉转就死的闺女，而只有美丽的烈火，和火中殉难的美女，正感到无限的兴趣似的——观看着当前的一切。""奇怪的是这人似乎还十分高兴见到自己亲闺女临死的惨痛。不但如此，似乎这时候，他已不是一个凡人，样子极其威猛，像梦中所见的怒狮，骇得连无数被火焰惊起在四周飞鸣的夜鸟，也不敢飞近他的头边。可能那些无知的鸟，看见他头上有一圈圆光，犹如庄严的神。""……大家憋住呼吸，战战兢兢地，一眼不眨地，望着这个心中充满法悦的良秀，好像瞻仰开眼大佛一般。天空中，是一片销魂落魄的大火的怒吼，屹立不动的良秀，竟然是一种庄严而欢悦的气派。"[1]

良秀完成了举世震惊的《地狱变》屏风画，"无论谁，凡见到过这座屏风的，即使平时最嫌恶良秀的人，也受到他严格

---

[1] 该篇引文采自楼适夷先生译文，参看《芥川龙之介小说十一篇》，湖南人民出版社1980年版，第36页。

精神的影响，深深感受到火焰地狱的大苦难"。而良秀本人在画完这幅画后的第二天便悬梁自尽了。

在这篇小说里，芥川立足于人性的边界，导演了一出惊心动魄的人性冲突的悲剧。一方面，良秀是一个艺术家，并且和芥川本人一样是一个艺术至上主义者，作者对艺术的超凡的伟力作了极度的赞美；但另一方面，良秀也是一个对女儿有着深厚父爱的父亲，作者同时通过良秀对女儿的亲情的毁灭表明，超人的艺术的力量是残忍的，其代价甚至不是任何一个凡人所能够承受的。所以当良秀一度获得了这种力量，他就只有去死。但良秀的死不仅仅是为女儿殉情，同时也是为艺术殉道。因为他为艺术而放弃了自己在人间最起码的骨肉之情，再也没有作为一个有血有肉的有情存在继续活在人世间的理由；而他所达到的艺术高峰，由于不再有比《地狱变》更强烈、更美的艺术素材，也就不再是他今后能够超越的了。他以人间最珍贵的亲情，换取了最高级的艺术，他就像一个输光了本钱的赌徒，再也没有什么能够为艺术而抵押出去了。所以他的死对这两方面，即感人的亲情和崇高的艺术的矛盾冲突，具有一种黑格尔所谓的"调解"作用。这两方面在现实生活中势不两立，在良秀心中形成剧烈的冲突，并实际造成了不可宽恕的罪恶；但由于良秀作为矛盾的承担者，以自己生命的代价做出了自我牺牲，对自己的罪恶实施了自我惩罚，这就使得矛盾双方都最终得到了肯定，具有了永恒的价值。这就是良秀之死的崇高的悲剧意义，如同黑格尔在讨论悲剧时所说的，两种同等合理的伦理力量的冲突借助于主人公的牺牲而得到了调解。[1]

作者通过良秀和他的女儿的悲剧，并没有用人之常情去否定艺术，也没有用艺术去否定人之常情，而是表现了人心中"太人性的"方面和"超人"（尼采意义上的）方面之间的巨大的张力和永恒的矛盾，大大拓展和深化了我们对人性的深层境况的了解。[2]而人性的两道边界，即牺牲亲情的非人的边界和追求最高艺术的超人的边界，在这里就合二为一了。就描绘人性的矛盾冲突而言，《地狱变》这篇杰作是芥川所有作品中当之无愧的最高峰。无怪乎日本评论家正宗白鸟对《地狱变》做了极高的赞扬，他说："在我所读过的作品中，我毫不犹豫地推赞这一篇为芥川之最高杰作。在明治以来的日本文学史上也是绽放特异光彩的名作，……是芥川与生俱来的才能及十多年修养的结晶。"[3]

---

[1]〔德〕黑格尔：《美学》，第三卷（下），朱光潜译，商务印书馆1981年版，第289页。
[2] 驹尺喜美认为，良秀"是一个明知将灭亡也要抗争的'英雄'。良秀是选择了艺术之路的英雄。他选择自缢，是一个在只有矛盾的人生中追求绝对的英雄理所当然应该追寻的命运。《地狱变》说来应该是'英雄之才器'的艺术家篇章。那也是要讲述芥川的决心，因为芥川是作为英雄而选择了艺术之路"。见驹尺喜美：《芥川龙之介的世界》，东京：法政大学出版局1982年版，第86页。这就将芥川所要表现的人性的矛盾单薄化了。据我看，良秀的自杀似乎不可能是他的主动的选择，而只可能是他内心矛盾冲突的必然结果。
[3] 参看〔日〕鹤田欣也：《现代日本文学作品论》，东京：樱枫社1975年版，第30页。

四、结语

　　由以上对几个典型案例的分析可以看出,芥川小说中对人性边界的展示经历了一个由浅入深的探索过程。首先是单纯对人的世俗面具和内心世界之间的分离加以揭示;继而对人的良好的自我感觉和自以为的合情合理加以怀疑和反思,哪怕陷入困惑、痛苦和疯狂也在所不惜;最后是描绘人通过自我超越而冲击人性的边界,使自己的人生境界得到升华,直至以生命为牺牲而演出一幕壮烈的人性冲突的悲剧。芥川对人性边界的这种挖掘是世界文学史上少见的。

从畸恋中升华

——读谷崎润一郎的《春琴抄》*

谷崎润一郎（1886—1965）是日本唯美派作家，他的作品都是以对女性肉体的崇拜为主题的，常通过丰满艳丽而五彩缤纷的故事性叙述，追求从施虐与受虐中体味痛切的快感，在肉体的残忍中展现感官的女性美，又被称为"恶魔派"。其《春琴抄》在描写虐恋并将之提升到超越一切世俗之上的爱的境界方面，堪称一代名作。

《春琴抄》描写的是一个极为凄楚哀婉但又畸形的爱情故事。富贵人家出身的春琴九岁因病双目失明，但长得乖巧伶俐，潜心于学习古筝和三弦（三味线），由于心性聪慧和专心

---

* 原载于肖书文编：《日本近现代文学名作选析》（日语原文与汉语评析对照版），华中师范大学出版社 2007 年版。

致志，在琴艺上达到了超群的水平。春琴因失明而带来生活上和外出学艺的诸多不便，都有赖于雇佣的一位比她大四岁的小伙计佐助的帮助。这位佐助来自偏僻乡村，对自己的小主人无限崇拜，奉为天仙，一点都不觉得小姐的失明是一种缺陷，反而由于因此能够陪伴小姐，觉得是自己的大幸。在工作上，他可说是任劳任怨，尽心尽意地服侍小姐左右，每日同出同进，除了充当引路人外，还要侍候小姐的起居，其细致周到，达到了不厌其烦的程度。由于长期相处，耳鬓厮磨，形影不离，两人如有心灵感应，春琴的一声嘀咕、一个动作甚至一个表情，佐助立即心领神会，熟练地上前服侍。佐助一直暗恋着春琴，但春琴由于出身高贵，更由于双目失明所导致的心理变态，对待佐助脾气暴躁，故意刁难，以折磨佐助为乐事；而佐助却并不以为苦，反而感到乐在其中。这一对少男少女，一个乐于施虐，一个甘于受虐，倒是相得益彰。佐助因为陪伴小姐学琴和练琴，耳濡目染，逐渐也爱上了琴艺，并显示出很高的天赋。他偷偷攒钱买了一把三弦，背着人刻苦练习，居然也能够出手不凡，甚至打动了春琴，同意收他为徒。于是主仆关系之上又加上了一重师徒关系。春琴在自己外出学艺之余，回来教她的徒弟，执教之严格，既打且骂，不近情理。春琴以此维护其师道尊严，也可说是超乎常规了，但佐助除了哀哭和努力练习外，决无半句怨言。后来佐助本人也成为春琴的同一个师父春松检校的徒弟，但在春琴面前仍然执弟子礼。

实际上，由于两人日夜相处，且志趣相投，随着年龄的增长，双方都渐渐产生了感情。大人们看在眼里，也从心底里默许了这桩婚姻。但奇怪的是，当春琴的双亲在春琴十六岁、佐助二十岁的时候正式提出这件婚事时，却被春琴毫不犹豫地拒绝了，理由是她此生根本不想结婚。然而一年之后，她却怀孕了，但坚决不肯透露男方的姓名，尤其不承认是与佐助所怀的孩子。孩子生下来酷似佐助，春琴却仍然强辩，否认佐助与此有关，并将孩子立刻送了人。后来春琴自立门户开课授徒，也没有改变她与佐助的关系，而且严格按照主仆之礼、师徒之别行事。作者解释春琴这样对待佐助的原因，一是因为当时大阪地方严重的门第观念深深植根于春琴心中，再就是"盲人固有的乖僻心理，她不愿示弱，不愿受人嘲笑，这种任性好强的情绪在激烈地支配着她"。所以她认为承认佐助这样出身低微的人为自己的丈夫，"乃是对自身的一大侮辱"。

然而，佐助却丝毫不计较这些，反而自认卑贱，对小姐更加奉若神明，服侍周到，对小姐的那些超乎寻常的洁癖，以及生活细节上的讲究和奢侈，不怕麻烦地给予无微不至的满足。作者花了大量的笔墨描写春琴在这些方面的一些烦琐的细节，如让佐助冬天用胸口为自己焐脚，对自己外貌的保养和打扮的讲究，对饮食的苛刻要求，以及饲养名贵鸟雀所花费的心血，处处突出了春琴为自己的高雅享受而加于佐助的繁重的劳动。在作者笔下，春琴并不是一个善解人意的好心女子，她除了外表上的美丽高贵和琴艺上的出神入化之外,在钱物方面颇为自私和贪婪,对下人和前来学徒的人极端吝啬和刻薄,甚至相当残忍,而且对同行也非常傲慢。由此也得罪了不少人,并招致了飞来横祸。某一天夜晚,一盗贼潜入春琴房内,用一壶开水照春琴脸上浇去,就此使这位美丽的女子破了相。但此事过了不久,佐助也患了白内障,从此双目失明。佐助为什么恰好在这时双目失明了呢?他直到春琴去世十多年后才透露了这个惊人的秘密,原来是他为了不看见春琴破相的惨状,以免破坏他心目中春琴的美好印象,而自己用针刺入自己的瞳孔,故意弄瞎了自己的双眼。当然,这也与春琴要求他永远也不要看自己的脸有关,如此亲近的关系,只有弄瞎双眼,才有可能做到永远看不到对方的脸。但就佐助而言,他由这一举动而获得了一种心理上的满足,即终于可以真正进入到小姐的盲人境界中去,和小姐在同一个黑暗世界中相陪伴了。

当得知佐助真的成了盲人时,"春琴只问了一句:'佐助,这是真的吗?'便陷入长时间的深思。这几分钟的沉默,乃是佐助这一辈子绝无仅有的愉快时刻"。"佐助觉得,迄今为止,他俩虽然有着肉体关系,但是师徒关系一直使他俩不能心心相印,而今才真的合二而一,汇到一起来了。"佐助的这一英勇举动终于融化了春琴心中的硬块,使她懂得了同情和爱:"春琴问:'佐助,痛吧?'佐助把瞎掉了的眼睛朝着能感觉到有春琴脸庞存在的发出浅白色光晕的方向,答道:

'不，我没有感到痛。同师父的大难相比，这一点儿事算得了什么呢？'……""春琴便说：'你为我而下了如此大的决心，我感到十分欣慰。我不知得罪了谁而遭此灾难，若剖心而言，我宁愿让别人看到我现在的这副丑样，也唯独不能让你看到。你真是深知我心哪。"于是，"这两个盲人师徒相抱而泣了"。春琴终于在佐助面前放下了高贵的架子，不再讳言他们的真心相爱。

但他们仍然没有正式结婚。现在是轮到佐助不愿意和春琴成为正式夫妻了。因为佐助失明以后，"他看不见现实世界，而已进入了万劫不变的主观境界，存在于他眼底的世界，全是对过去的回忆。如若春琴因遭灾而变了性格，那她就不再是春琴了。佐助的脑海里如不能始终留存着一个傲慢不驯的昔日的春琴，现在印在他眼底的、春琴那美貌的形象就要被破坏掉。……对佐助来说，现实中的春琴乃是唤起他心中的春琴的一种媒介，所以他得提防别让自己同春琴处于平等地位，他不仅要严守主仆之礼，还要使自己比从前更为卑下地竭尽伺候之职，至少该让春琴早日忘却不幸而恢复昔日的自信，为之，他不辞辛劳。"伟大的爱情超越了顽固的门第观念，甚至把门第也用来铸成爱情中的一个成分，一味不可缺少的调料，而失去了它本来的歧视人的意义了。在这种旁人看来显得怪异而不协调的关系中，他们双方却只感到幸福。这是不能用单纯的"奴才性格"来解释和评价的。

当然，如果没有苦难，爱情的这种伟大的超越作用还是显不出来的。人生的苦难使爱情得到升华。如果春琴和佐助就像以往那样平静地度过一生，那么我们完全可以说他们的关系不过是一种心理变态，我们顶多会可怜他们被困在施虐和受虐的循环纠缠中不得解脱。但现在，他们的爱情竟然是值得羡慕的了。如佐助所说的："世人恐怕都以眼睛失明为不幸。而我自瞎了双眼以来，不但毫无这样的感受，反而感到这世界犹如极乐净土，唯觉得这种除了师父同我就没有旁人的生活，完全如同坐在莲花座上一样。因为我双目失明以后，看到了许许多多我没瞎之前所看不到的东西。师父的容貌能如此美，能如此深深地铭刻在我的心头，也是在我成了瞎子之后的事呀。……尤其是在双目失明以后，我才领略到师父弹奏的三味线，音色竟是那么美妙。……我明白自己是多么愚蠢啊。所以说，即使上苍让我双目复明，我也要一口拒绝的。只有在师父和我都双目失明后，我才领略到了眼睛未瞎者所不能体味的幸福。"这里面没有丝毫做作，全是肺腑之言。

另一方面，苦难对春琴来说也未必不是好事，它加深了春琴对人生和艺术的理解，使她在琴艺上大进。作者说："春琴在技艺上的造诣，大概真是因为这一灾难而获得了明显的进步了。春琴纵然在音曲方面有不凡的天赋，如若没尝过人生的悲苦，她要领悟这艺术上的真谛又是谈何容易！她一贯养尊处优，对别人求全责备，自己根本没尝过辛苦和屈辱的滋味。

对于她的不可一世的作风，谁也不会去碰一碰。但是上苍把非凡的苦痛降到她的头上，使她在生死的悬崖边徘徊，击溃了她赖以夜郎自大的基础。可见，从各种意义上来说，使她破相的这一灾难乃是一种良药。它让她在爱情上、在艺术上，都进入了不曾梦见过的三昧之境。"在这一段时间，春琴不仅弹奏上达到了炉火纯青的境界，而且开始尝试着作曲，创造出《春莺啭》《雪花》等优秀的代表作，达到了艺术上又一个新的高峰。

春琴五十八岁时因心脏病去世，佐助在她死后还活了二十多年，他弹着春琴留下的琴曲，一直活到了八十三岁。作者最后评道："看来，他在二十一年的鳏居生活里，已经造就出一个与活着时的春琴迥然不同的春琴的形象，而且这形象是日益清晰地印在他脑海里了。据说天龙寺的峨山和尚知悉佐助自行刺瞎双眼的事后，对佐助这种能在转瞬之间分清内外而使丑的转化成美的禅机，激赏不已，赞道：'是庶几可谓达人之为。'未知诸读者君子，尚能首肯乎？"小说用禅机顿悟来解释佐助的举动，实际上是对佛理的一种现代化的运用。佐助此举并不是要抛却尘缘，遁入空门，而恰好是要在内心中建立一个与自己所爱的人单独共处的情感世界。然而，在这种伟大的爱情面前，一切世俗的成见、算计、苦难和外在的美丑确实都消失得无影无踪了，所有这些都在两人内心灵魂的结合中得到了净化，而显示出一种纯粹精神的永恒禅悦,这与禅宗中的顿悟成佛的确有某种相似之处。

(本篇中译文采用吴树文译文,见《春琴抄》,上海译文出版社1991年版。)

玉铃的传说
——川端康成《玉铃》的思想和艺术特色[*]

川端康成（1899—1972），日本当代著名作家，诺贝尔文学奖获得者，"新感觉派"代表人物。川端的小说，素以淡雅、含蓄、清新、细腻而著称。《玉铃》便是其中的一篇力作。

小说一开头，就把人们带到一个凭吊夭折少女的哀婉氛围之中：

"听说治子直到奄奄一息的时候，还在听她的玉铃……"

然而，紧接下来，作者并没有描写治子的死，而是从她的遗物——三块古玉谈起。究竟用三块玉还是两块玉碰响更加好

---

[*] 原载于肖书文编：《日本近现代文学名作选析》，华中师范大学出版社 2007 年版。

听，"玉铃"这个词究竟流传自何年代，这玉石与古时神器究竟有何干系，它应叫作翡翠还是称为琅玕——这样一些小事在这种场合下通常被人们认为不足道，而"我"却怀着极虔诚的心情来思索。但绝不是学究似的考察。应当说，这正体现了作者手法的高妙。常言说："痛定思痛"。在悲哀过后，细细地品味那哀的余韵，不但更显出不绝如缕的悼惜和哀思，而且使之净化与升华，竟焕发出美的光辉了。一切都在不言之中。在作者的笔下，几乎没有一处是直接写人们对逝去少女的悲悼，反之，不论是"我"由治子的玉铃所引起的琐屑的遐想，还是治子母亲和妹妹礼子对亡者的追念，都是那么淡而又淡，如山间孤独的流泉，只对着岩石、青苔和树影悄悄地诉说。而这一切都融入玉铃那轻柔婉转的鸣声里了：

"玉铃，真像小鸟的歌声。

"玉铃，宛如对余韵所描绘的那样，音波孱弱低回，听来仿佛身在幽静的梦中。它的声音究竟像是什么鸟呢？我实在想不起来。然而，我似乎的确是听过的。只有在恬静而又安谧的幽处，那鸟才肯唱出这么动听的旋律。不用说，这旋律，也只有在日本才能听到。嘤嘤呜嗻，变化万千，古朴典雅而又绝妙异常。那不是一种鸟，也绝不是一只鸟。"

据说，治子临终时，就是听着这来自天国的仙乐而溘然长逝的。玉铃不正是治子那柔弱娇美的生命的象征吗？治子死了，但她的玉铃还在人们小心翼翼地手指之间，在妹妹礼子的脖子和肩膀抖动之时，发出绝妙的啼声。"玉铃有如徘徊在生死之间的低声细语"。无怪乎作者通篇都在一种哀婉凄绝的情调中流连回转，是少女的冰魂凝注在字里行间啊！作者用那种低回往复的话语反复诉说的，是诗的音乐和配乐的诗。

除了凝神倾听之外，"我"还陶醉于月牙玉通过阳光所呈现的美色：

> 是蔚蓝色呢，还是翠绿色呢？这是一种比想象中的绿色还要绿得多的浓绿色，是人世上不曾有过的绝色。这玉石含英咀华，把美色埋藏在心里，却又无比晶莹，在内心里筑成一个深邃而又灿烂的世界。

然而，"我"又在月牙玉这人世稀有的深翠色彩中，看出"人世稀有的浓重哀愁"了。为什么呢？是少女已逝，三块玉也各自东西了吗？是少女倾心相许的情人竟对玉铃无动于衷吗？总之，这柔弱的玉铃声，是已成尘世上寡和的绝响了。的确，世上如玉铃那样纤细的情丝，是多么容易被心不在焉的手随意拂去啊！以濑田的粗鲁和愚痴，是根本不值得治子为爱他而死的。但"她真正爱的并不是现实中的濑田，而是空想出来的一个人"。这个人要由濑田这位永远也不可能了解她的青年男子来承当，倒仿佛是她的宿命。也许，她没有等到自己的幻想破灭就离开人世，这正是她的幸运吧。其实，治子看起来是

"为爱而死",骨子里却是"因死而爱"的。这位女子纯洁的心灵中蕴含了那么多的爱的温情,不将它们留在人间就悄声离去,这几乎是不可能的。

可悲的是,在一个旁观者("我")看来,这温情无疑是白白地洒到虚空中了。爱本身是一厢情愿的施与,被爱者却往往形同陌路。一般而论,濑田并没有被写成一个坏人,他是我们每天可以遇到的普通人之中的一个,而且大体上还算是正直、有良心的。他因不想贪图月牙玉昂贵的价值,而要将它还给治子的母亲,就足见他心地的"磊落"。然而他却一点也感觉不出月牙玉作为少女纯真爱情的寄托所固有的无瑕的美丽和无价的珍贵,他的思想和情操显得那么猥琐,在治子美好心灵的光辉面前,他甚至连个人的影子也没有留下。真正虚幻的,不是治子的不图报偿的爱,也不是她的痴心空想,竟是现实中的濑田。这个人唯一的生存价值,似乎只在于衬托出治子爱情的纯洁柔美,正如"我"本来想透过月牙玉来看河岸的树丛,不料"却看到了月牙玉内心世界里蕴藏着的浓绿"一样。然而,虚幻的却留存着,真正有价值的则永远失去了。

十七岁的妹妹礼子是第二个治子,这一点,"我"是最后相信了。初看起来,礼子性格温静,头脑简单,还是个孩子。但她那柔顺地摆头晃肩摇响玉铃的动作,分明显出姐姐的命运已传给了妹妹。一旦时机来临,那古老的故事又会重演,月牙玉的奇异光彩会再次照彻人寰。因此,不仅月牙玉留在濑田手中是毫无意义的，连"我"也觉得只有将玉还给这位妹妹，才算是物归原主。作者在结尾所暗示的，正是由治子姐妹所体现着的世世代代日本妇女晶莹澄澈的心地和明珠暗投的命运，有如一个古老而动人的传说，令人久久不能忘怀。

在表现死的美艳和生的感伤方面，川端的这篇作品可以说是达到了极致。治子的死所带给"我"的，是一种永远也无法弥补的失落感。通过玉铃而窥视到的治子那绝美的内心，把"我"带入了一个远离尘世喧嚣、超凡脱俗的境界，但正因此，也就在孤寂中、在静静的倾听中，感到了更深切的悲哀。在作者那看来似乎是随意联想、毫无起伏的平铺直叙中，蕴含着一个深不可测的情感世界。虽然，以他的惜墨如金，甚至没有对治子的死因做一明确的交代，但在对这种情感的反复渲染上，他却极尽功力。作品可以说没有情节，也不去着力刻画人物性格，有的只是一股并不浓郁，但却无形中沁入人们内心幽深处的哀怨之情。这种淡淡的哀愁，正是传统的日本民族精神和审美意识的凝华。治子所书写的那两首古诗，以及由古玉所引发的一连串思古之幽情，无不将读者引向一种博大的愁绪，一种对人间美好精神之花的旷古难消的珍爱和惋惜。在这一点上，川端超出了对个人的追念，使读者进入到历史的和生命本身的深沉思考。

小说艺术特色上的可贵之处在于，通常人们在分析一篇作品时所使用的内容和形式的概念，在这里几乎已失去了它们确定的含义。正如自然本身一样，一切强制的划分都会立刻破坏其中美的心境和意绪，使那微妙的感受像一个忘却了的梦一般荡然无存。真的艺术家，往往不去考虑用什么样的形式来表现既定的内容，而只有一种自然天成的创作情绪的涌流。《玉铃》中的语言、节奏感、时空的推移和几乎看不出的结构，与这种情绪的流转延伸浑然一体，造成了极大的艺术感染力。

（本篇中引文采用任玲的译文，载《日本当代短篇小说选（2）》，辽宁人民出版社1982年版。）

解读太宰治《富岳百景》*

太宰治（1909—1948），日本无赖派文学家，作品情调低沉、压抑。《富岳百景》是太宰治阴郁人生中比较开朗的一段时期的作品，但在整篇小说中，仍然可以看出他的那种忽冷忽热的气质和动荡不宁的心境，以及由这种极其敏感和不稳定的性格所带来的痛苦和自我折磨。文中写富士山形象的多变和神秘，其实也就是写在作者心目中人生的多变和神秘，对富士山的感受完全是由作者本人的心境所决定的。

小说一开始描写富士山的外表形象，还是比较客观的。这种客观甚至落实到根据"陆军的实测"而获得的山的几何角

---

* 原载于肖书文编：《日本近现代文学名作选析》，华中师范大学出版社2007年版。

度和地理形态，这些数据与日本画家对富士山的描绘大相径庭，表明富士山其实完全没有什么了不起的魅力，从美学的角度来看是一座非常平淡的山峰。作者设想自己如果从一个陌生的国度来到日本，猛然看到富士山，大概也不会有任何惊叹，如果没有预先的憧憬，也不会产生什么感动的。从直接的观感来说，富士山最佳的观赏角度是从十国岭的方向去看，才显得有一些高大险峻；但如果从东京的寓所方向来观赏则颇为令人失望，特别是当"我"的心情不好的时候，它看起来简直就像一艘将要沉没的军舰。这两种不同的富士山印象，一个可以使"我"开怀大笑，另一个则使"我"黯然神伤，掉下眼泪。作者在这里先期作了一个对比，初步展示了富士山的多变性。

接下来，作者描写"我"为了换换心情而到被誉为"神仙游玩的地方"的甲州去旅行，希望能够饱览奇异的山景。在御坂岭的"天下茶屋"，"我"和老师井伏鳟二[1]同住一处，每天都可见到号称"富士三景之一"的景色。但遗憾的是，"我"并不喜欢这一景，它早已经在澡堂里的油漆画上和在戏台的布景中被人们用滥了，给人一种虚假的感受。一天下午，"我"与井伏先生为了观看山景而登上附近的三之岭，却因为遇到漫天大雾，什么也没有看到。观景台的茶馆老板娘热情地把家里的大幅照片拿出来，举在本来应该出现富士山的位置向他们解说，倒引得两位茶客会心地笑了，觉得"我们看到了美

---

1 井伏鳟二（1898—1993），日本现代小说家。

丽的富士山，对浓雾并不感到遗憾"。这表明，作者所要寻找的并不完全是一个地理意义上的富士山，而是一种心情，一种人情味。

几天后，"我"跟随井伏先生去甲府相亲，在姑娘家，连姑娘的面貌都没有看清，只是看到门框上一幅富士山口"宛如一朵雪白的睡莲花"的照片，就当下决定不论有多大的困难，也要与这位姑娘结婚。由此可以看出"我"是一位多么幼稚冲动的青年。但这种冲动又令人觉得可爱，有时还令人好笑。如小说写他对一位素不相识的僧人有好感，以为见到了一位高僧，但那位僧人竟怕狗怕到扔下拐杖就跑，完全破坏了他自己幻想出来的"高僧"形象。于是联想到富士山也没有什么脱俗之处，所谓脱俗不过是自己的想象而已。

然而，一旦有文学青年慕名来拜访，"我"马上又恢复了好心情，同一个富士山在他眼里顿时变得"非常伟大"，并且"还是有优美之处"的。然而立刻又自惭形秽起来："我发现自己比不上富士山，并为自己那时时都在骚动的爱憎感到羞愧。"人家越是对他表示尊敬，他反而越是自卑。"我"一方面认真地接受了青年们的仰慕，但又自认为"我毫无值得自豪之处，既无学问又无才能，身体肮脏，精神贫瘠。然而，唯有苦恼，被那些青年称作先生而可以默默接受的苦恼，却是我经历过的，仅此而已。那是一棵稻草般的自负。但是，我清楚地知道唯有这自负是自己想拥有的。到底有几个人知道从小被认为是任性撒娇的我的内心苦恼呢?"在与青年们去吉田的闲聊中,他们谈到了古典式的爱情,这时"我"的心情很好。晚上独自一人的时候,"我"走出屋外散步,在明月的照耀下见到了泛着蓝光的神秘的富士山,"我觉得就像被狐狸迷住了一样,富士山湛蓝如滴,给人以磷要燃烧的感觉。鬼火、狐火、萤火虫、狗尾草、葛叶。我感到没有脚似的,在夜道上一直走。……富士山依然泛着蓝光浮在空中。我舒了一口气,认定自己就是维新志士、鞍马天狗[1]。于是,我有些神气地将双手揣在怀里走起路来,不由得感到自己像个很棒的男子汉",甚至连自己丢了钱包也没有察觉。这一段描写在小说中是最富于诗意的了,以至于这种感受使"我"久久难忘。富士山的美居然给了作者以某种"男子汉"气概,使他陶醉甚至得意忘形,这是少有的。

回到御坂的茶馆,老板娘露出诡秘的笑容,暗恋着"我"的老板娘的女儿却一脸的不高兴,好像"我"外出一晚干了什么见不得人的事似的。"我"连忙向她们交代自己昨天的行踪,表现出"我"很珍视与房东家的感情,看重这种类似于一家人一样的互相关心。但前一晚的兴奋已经不再有了。虽然突降瑞雪,然而富士山美丽的雪景也只是使他承认"看来也不能小瞧御坂所见的富士山啊"。但越是人家向他介绍富士山的景

---

[1] 日本幕末时期参与倒幕运动的著名日本武士小野宗房,自称为"鞍马山上的天狗"。

色，他越是"表示出不愿看富士山那种俗不可耐之山的高尚而虚无之心"，宁可去看人家不大注意的月见草。不过，他的故意不看富士山，主要是不愿意在人前表现出一般世俗的兴趣，其实富士山在他心中已占据了一个不可忽视的位置、一个神圣的位置。所以，他在人家面前表示只对月见草有兴趣，正是因为"我认定月见草和富士山极其相似"，因为它"和3778米的富士山相对峙，纹丝不动如金刚力草般坚强地挺立着，显得很美。月见草与富士山太相配了"。所以他要把月见草种在茶馆的屋后，并嘱咐老板娘的女儿小心看护。他还在自己痛苦的写作难产中，表白了自己这种艺术和审美上的追求："我想，我只是一瞬间捕捉住那些朴素的、自然的以及简洁鲜明的事物，并把这些写在纸上而已，这样想时，眼前的富士山映入眼中也就具有了它的意义。"就是说，他重视富士山那种朴素的、简单的、富有人情味的美，而不喜欢人为的夸张和故作姿态，"她的形象最终也许是我所思考的'单一表现'的美"。但他又不满足于这种过分的朴素，就他的天性来说是更希望有那种浪漫主义的神秘隐含在富士山的单纯之下的。可惜这种感受并不常有，这就造成了他对富士山那种既不满足，又寄托着神秘期望的复杂心态。

所以，当他在茶楼上观看一群来富士山旅游的艺伎时，他一方面对艺伎的命运深感同情，"我强装冷漠地俯视着她们，但内心却相当痛苦"；然而马上念头一转："求富士山吧。我忽然想到这一点。富士山,请多多关照她们。我怀着这种心情抬头朝耸立在寒空中的富士山望去"。虽然富士山这时"看起来就像身着棉和服、双手揣在怀里,摆出一副高傲神态的首领一样",一点也没有救苦救难的样子;但我在内心为这些不幸的人祈祷,仍然感到放心,就好像人世间的苦难全都被这座阴郁、寂寞的富士山尽收眼底了一样。

小说中还重点描写了与"我"直接打交道的两位少女。一位是他的未婚妻,在他与姑娘的母亲就嫁妆减免一事谈判完毕后,他与送他到车站的姑娘有一番对话。先是"我""装腔作势地"对她说:"怎么样,我们再交往一阵看看吧?"回答是:"不,已经交往很久了。"然后是"我""有些唐突地"问:"你有什么问题吗?"回答说:"有。""我"预料一定会有什么严重的问题,于是做好了回答的一切准备,但姑娘的回答却使他"十分沮丧":"富士山上已经下雪了吧?"明明姑娘在家里就已经看见富士山在下雪,她这是明知故问、无话找话。姑娘解释说:"你在御坂岭上,我觉得不问富士山的问题很失礼。"因为御坂岭是公认的观赏富士山的胜地。但姑娘的这种解释恰好是"我"最为忌讳的,他向来都反对仅仅出于礼貌而对富士山表示俗气的敬仰,他与姑娘本来就不近的距离一下子变得更加陌生了,所以,"我觉得她是位奇怪的姑娘"。其实这段对话双方都在"装腔作势",无话找话,缺乏心灵的真正沟通。当然"我"这时并未意识到这一点,他一厢情愿地把姑娘视为知己，而不承认她与其他任何人一样的俗气，所以当她表现出俗气时，也只说她是位"奇怪的"姑娘。但实际上这次交往对他情绪上打击很大，不但引发了肩酸的毛病，而且接连几天一页小说也写不出来。

倒是老板娘的女儿看出这一点来了。她关心地问："客官，去了趟甲府，情绪就不好了呀。"女孩的话音"像从心眼儿里恼恨似的，语气有些带刺儿"。她说她每天早上把他胡乱写下的稿子按页码收在一起，感到很快乐，并且还上楼来偷看他睡得安不安稳，这使他非常感动。"我心中泛起一股感激之情。夸张地说，这是对一个人生存下去的纯真的声援，并毫不考虑任何回报。我顿时觉得她非常美丽"。不过，尽管他感受到了这种心灵的关照，他并没有把这种细微的感动放在心上，也没有觉察到女孩对他的爱意。当老板娘出去办事，只剩下他和女孩在家时，他毫无顾忌地大声说："真无聊啊！"这深深地刺伤了少女的心。他意识到这一点，于是对她小心翼翼起来，并且在两人独处时以她的保护人自居。小说还描写了一位富家女新娘子在茶馆落脚休息的情况，新娘子粗俗的举止引起了老板娘女儿的反感和酷评："像那样张大嘴打哈欠真丢人，客官，您可不能娶那样的新娘子。"虽然"我"的婚事已定，但仍然"如少年般为人间情谊所感动"。与自己那陌生而客套的未婚妻相比，老板娘的女儿才是富士山最美丽的风景。所以当他准备结束旅行时，见到两个游客请他帮忙照一张与富士山的合影,他就在茶馆门口将整个镜头对准了富士山,而故意将游客的身影排除出镜头之外。他的确不愿意让世俗的形象玷污了他心中的富士山,而宁可将富士山看作像酸浆那样一种最普通、最日常但又最亲切的植物,而享受它默默地向人的心灵提供的果实。

整篇小说看起来散漫而无主题,东拉西扯,扑朔迷离,不知道作者到底要说什么,但其实这正是作者创作手法的妙处,即"形散而神不散"。全篇始终围绕"我"对富士山的感受层层展开,不断深入,从世俗平庸的外表下揭示出内在丰富的蕴含,给人以无穷的回味。

(本篇中引文采用晋学新译文,载《外国文学》1998年第1期,本人做了部分修改。)

宫泽贤治《要求多的餐馆》的象征意义[*]

宫泽贤治（1896—1933）是日本昭和时代诗人、童话作家、农学家、佛教徒。该篇是他的重要作品，寓意晦涩，长期以来解读者各持异见。但要理解这篇童话小说的意义，必须了解宫泽其人的总体倾向。他本人的专业是学农的，并且长期在农村帮助农民改进农艺，对大自然有一种特殊的感情，很早就具有自然保护主义思想。所以小说中一开始描写两个"年轻的绅士"到山中打猎，哪怕山上的鸟兽都打光了，连影子也看不到了，仍然兴致勃勃地想要"放两枪过过瘾"，打上一只黄鹿什么的"该多么痛快"，字里行间已显出作者的反感。但"这里的

---

[*] 原载于肖书文编：《日本近现代文学名作选析》，华中师范大学出版社2007年版。

穷山恶水确实令人感到毛骨悚然",就连两条"白熊般的猎狗"也不能适应,突然莫名其妙地死去,而绅士们对自己的爱犬之死只是惋惜损失了多少钱。这是两个已经被现代金钱社会浸透了的人,毫无对动物的天然情感。

正在两位绅士饥饿难当的时候,身后忽然出现了"一栋别致的西式建筑",门口写着"西餐馆:山猫公司"。大门富丽堂皇,门上用烫金字写着"诸位请进,不必客气",听起来彬彬有礼。进了大门,里面是一道又一道的门,每道门上都客气地写着一项要求,例如要顾客梳好头,弄掉鞋上的泥土,卸下枪支弹药,摘下大衣帽子,取下领带别针眼镜和一切金属类东西,然后要求顾客在手脚和面部涂上奶油,最后是在头上加上醋、在全身抹上盐。直到这时两位绅士才开始怀疑起来,并陷入恐惧中:"这个西餐馆不是让顾客来吃西餐,而是把顾客当作西餐来吃掉的地方",两人吓得说不出话来,只喊了声"快逃……"但门已上锁,逃不出去了。门后面却传出热烈的邀请声,请他们赶快进来:"我们的主人已经戴上餐巾,拿着刀叉,直流着口水,敬候二位光临呢!"但这时赶来救他们的还是刚才那两只被认为已死去的猎狗,它们破门而入,与餐馆的主人即山猫精展开了一番厮杀,门外传来了山猫的哀鸣声。终于,整座房屋"像烟雾一样消失了",两位绅士狼狈不堪,他们的衣物都挂在周围的树上。回到东京,即使洗了澡,"那两副布满皱纹的面孔,永远不会复原了"。

显然，这样一个"要求多的餐馆"正是现代工业文明的象征，它是靠摧毁自然生态而建立起来的。表面上，这个现代文明给人类提供了很多方便，它是那么文雅和彬彬有礼，似乎处处为顾客着想，周到体贴，秩序井然，让人感到可以放心把自己交给它去服侍。人们（两位绅士）也都以这样的生活方式为荣，在破坏自然生态时还自以为是上流社会的高尚格调，把各种奢侈和规矩视为生活质量提高的标志，但其实内心已变得平庸、猥琐，唯利是图。因为现代文明是建立在金钱拜物教之上的，所以钱便成为人们衡量一切事物的唯一标准，人和自然界的关系也被放到这唯一的标准上来看待，自然界因此也就成了穷山恶水的不毛之地。然而，人们拼命去追求的这个现代工业文明恰好是把人性导向非人化的，当你对现代生活提出越来越多的"要求"的时候，也正是你为满足现代生活的"要求"而一步步放弃你自己的人性的时候。这也正是"要求多的餐馆"中的"要求多"（注文の多い）一词的双关意。

现代资本主义社会对人性的这种吞噬，哲学上称之为"异化"，就是自由地追求的目标一旦被追求到，就有一种反过来限制人的自由、压制人的本性的倾向。人的自由本质在高度发展的过程中必然导致非人化即异化。宫泽贤治的时代正是日本社会进入这一自由资本主义高速发展的时代，现代工业文明的恶魔就像他所描写的山猫精一样用各种舒适的诱惑建构起人性的陷阱，最后只有靠回归自然（如两条"白熊般的猎狗"的死而复活）来消除魔法、拯救人类。这就是宫泽贤治这篇小说的象征意义。

（本篇中所引译文为作者自译，原文载〔日〕宫泽贤治：《注文の多い料理店》东京：角川文库，2002年。）

木下顺二：夕鹤归来

以最朴素最普通的日常语言表达现代最深刻的思想，这是木下顺二先生的拿手好戏。在他著名的戏剧作品《夕鹤》中，正好体现了这种超凡的功力。剧情取材于日本民间故事，即一位老实巴交的农民救了一只仙鹤的命，仙鹤为报答他，化身为美丽的少女和他结为夫妇。在剧中，那对话是如此平白，就像山村野居随时都可以听到的家常话。作者一开始就用一大群孩子的童谣声和唱歌般的喧闹给剧本的气氛定了个基调。在孩子的一片戏耍声中，两位主人公，朴实的与平，以及他的身为仙鹤女的贤惠妻子阿通，一出场也都成了孩子。可是，随着两个市侩人物老总和老运的上场，作者把另一个世界展示在观众面前，这个世界与前一个休闲的世界，尽情玩耍的世界和友情与依恋的世界不同，这是一个金钱的世界、算计的世界、尔虞我诈的世界。作者将这两个水火不容的世界用最简练的几段对白依次展现出来，形成一个鲜明的对照，的确是用心良苦。

于是，奇怪的事情发生了。从那个天真纯朴的世界里"飘然走出"的阿通（夕鹤）竟完全听不懂这个散发着铜臭的现实世界的语言，她眼睁睁地看着市井小人将她心爱的丈夫与平腐蚀、拉拢过去，讨价还价地教唆他出卖自己的人性，离自己越来越远，却又毫无办法。因为她不懂得什么叫"钱"，什么叫"买"，因为在人的本性中，原来并没有这些字眼。可是一向被人们称为"傻子"的与平，一旦受到了这个社会的教化，变得"聪明"起来，也就开始堕落了。他硬逼着妻子拼着性命，用身上的仙鹤羽毛为自己织个羽锦，为的是换得更多的金子，到京城去"开开眼"。他还背弃了自己不偷看织锦的诺言，他哪里知道，这样一来，他就永远地失去阿通了。

作为纯情的象征，阿通即使在与平狠狠地说出要离开她时，仍然想要把与平拉回到她所理解的世界中来。她原来只是为了要让与平高兴，才不顾自己的身体受损害，用自己的羽毛给与平织锦，现在则是为了不让与平离开她而再次织最后一回锦。可是这最后一次努力真能够达到两个人"再也不分离，天长地久地一起过下去"的目的吗？她自己也怀疑。事实上，欲壑难填，人一旦沾上了"那个世界"的气息，就会一步一步走上绝情的道路。与平对阿通的一切说明、忠告、嘱咐全都充耳不闻，一心只想着"可以上京城啦！""赚很多的钱回来"，真像是着了魔。

表面上，阿通仅仅是因为丈夫无意中忍不住看见了她织锦，才无法再留在人世间，但实际上，看不看本也无所谓，要紧的是信守诺言。在世界各国的许多民间故事中，对诺言的遵守常常是衡量一个人爱情或信念坚贞程度的标尺。可是，社会越发达，口头的承诺就越是不算一回事。人也就越是失去了本来的淳朴。

作者正是怀着这样一种现代社会的悲哀，塑造了"夕鹤"这样一位美丽多情的仙女，将人类最美好最纯洁的感情寄托于这一虚无缥缈的理想形象之上。剧终带给人们的，是一种梦幻般的失落感，只有那一反复出现的童谣声从遥远的年代隐约传来：

给爷爷织粗布哟，

给奶奶织粗布哟，

呛当叽当咚咚扣……

这是现代社会对远古天真质朴的人情的呼唤：

夕鹤归来！

（本篇未曾发表。《夕鹤》中译文见《木下顺二戏剧集》，外国文学出版社1980年版。）

星新一微型小说管窥 二题*

一

《宿命》是一篇富有哲理的科幻小说,讲的是某个星球上的一群机器人按照电脑中的程序不知疲倦地工作,它们不知自己来自何方,为什么要在这里挖掘矿石和制造其他机器人,它们也不考虑这样的问题,而是出于本能在完成它们的任务。最后一个任务是造一艘宇宙飞船,勇敢的机器人为此耗尽了全部精力,充分发扬了自我牺牲精神。它们以这样的对话互

---

* 星新一(1926—1997),日本现代科幻小说家,被誉为日本微型小说的鼻祖。本文原载于肖书文编:《日本近现代文学名作选析》,华中师范大学出版社 2007 年版。

相鼓励着："为什么我们如此热衷于这项工作呢？""或许我是受着某种义务感或是责任感的驱使吧。这是一种无法抑制的冲动。如果能够制作成功，我们乘坐着它到星星的海洋里去遨游，一定会遇上许多有趣的事情的。难道你们不想去宇宙看看吗？""啊，当然想去啦！虽然也说不出什么理由来，但我们得把飞向宇宙作为我们的最高目标。也许这可称为宿命或命运吧。"飞船造成了，机器人也损毁得差不多了，已经很难找出一个完整的机器人，只好由一个伤势最轻的上了飞船，在全体机器人的目送之下向着茫茫太空飞去。该机器人按照头脑中"苏醒过来"的想法确定了某个星球为目标，这就来到了我们的地球，可是在着陆时飞船坠毁了。此时"远处响起了一阵欢呼声，人们从四面八方潮水般涌来"。原来地球人"向每个星球上都派遣了一个机器人，并按不同的号码向大家发售了彩票，看哪一个机器人最早返回地球。这是一场世纪大赌博"，现在第一个返回的机器人已经到达，主持人号召大家都去按照号码兑奖。但机器人已经粉身碎骨了，即使它能够听到主持人的话，也决不会有什么想法的，"因为原本这一切都是事先设计好了的……"

小说的妙处，一方面在于对机器人时代价值失落的反思，整个可歌可泣的过程无非归结为地球人的一场无聊的赌博，极有讽刺意味；另一方面，更重要的是，作者暗示了地球人本身的机器人化，即他的任何一种"义务感""责任感"也好，

"无法抑制的冲动""苏醒过来"的想法也好，很可能根本上都是预先被规定好了的。而且人们都不去想他们如何被规定，而是把想不通的理由归之于"宿命"或"命运"。在这点上，地球人和机器人没有任何两样。我们借助于某些未经反思但却令人安心的前提来建立我们的生活信念、我们的理想和道德原则，使自己的生活看起来有某种固定的价值，但我们很难保证自己不被某种更高的意图所操纵和支配。小说中的机器人是被地球人所设计好的牺牲品，我们同样可以怀疑，地球人这样子未尝不可以设想为其他星球上的超人设计好的试验品，而且不管我们自以为多么崇高，这场试验的目的也同样可能是极端无聊的。星新一以极简练的文字向人类敲响了警钟，发出了对我们的一切价值进行追问的呼吁，没有这种追问，我们就有可能沦为受人操控的机器人。

二

《女人、金钱和美》是一篇需要"脑筋急转弯"，但又不乏深刻的小故事。一位美男向一位丑女求婚，为的是骗她的钱。他曾多次这样干，是一位老手了；但是这次由于一个小小的失误，骗钱不成反被对方骗去了全部积蓄，从此穷困潦倒，整天在酒中打发日子。然而不久，时来运转，一位漂亮姑娘不嫌他贫穷，主动愿意与他交往，并在两情相悦的基础上与他结为秦晋之好。青年又找到了体面的工作，从此成为一个正派人。但有一点不明白的是，他问妻子："你为什么要跟我结婚呢？"回答是："因为我喜欢你，你是个好人！"小说的"文眼"在最后一句话："莫非是她拿走了桌子上的钱、隐身而去，不惜任何代价地做了最高级的整容手术？"这是一句疑问句，并没有确定妻子就是原来那位丑女，但却引起人这样的猜想。因为很可能，那位丑女以更高明的手法骗走了青年的钱后，良心发现，为自己的自私和对人性的偏见而感到惭愧。因为在她眼里，青年并没有以往的劣迹，而且很可能真的是一心爱着她，却被她为了防备自己吃亏而"先下手为强"地骗走了全部钱财。现在她经过整容后，为了还清良心上的债务，也是出于对这样一位"好青年"的真爱，而愿意与他结合。假戏真做，终于弄假成真，这场结合把双方都真正提高到一个理想化的道德水平上来了。

但作者最妙的地方还不在于这种善恶、表里的互换，而在最后那句话的疑问口气。因为上述猜想毕竟只是猜想，而人心叵测，无法相通，要想完全猜透一个人是根本不可能的。人心有无限多的层次，每一次的爱或真诚都只可能建立在其中的某一个层次上。例如他们之间的爱其实仍然是建立在女方对男方的误解之上的，他哪里真的是什么"好人"，只是欺骗未成，失手了一次而已。一旦她了解到这一层,她又会如何想呢?而青年对姑娘的爱也是由最后那种猜想而得到解释的,否则的话,他是爱不踏实的,因为整个事情如此可疑,难道他就不怕再次受骗吗?但猜想最终也没有得到证实,这就是星新一的高明之处。他不想成为洞察一切的上帝,而只想展示人世间的种种世相,并从中不动声色地揭示出人心所可能具有的多层次的关系。

(以上两篇中所引译文为作者自译,原文载于〔日〕星新一:《マイ国家》,东京:新潮文库,2001年。)

大江健三郎《饲育》中的人道情怀[*]

大江健三郎（1935—　），日本著名作家，又一位诺贝尔文学奖获得者，致力于把西方现代人道主义思想和日本民族性格相融合，在日本人的日常生活中发掘出深刻的人性含义，并展开对生存和死亡的思考。所表现的主题集中于对核问题和残疾问题的反思，具有超出狭隘民族界限的人类眼光。

大江健三郎的《饲育》是他获得第39届芥川奖的成名作。这篇作品以"二战"时期日本一个偏僻小山村所发生的一件美国飞机坠毁事件为引子，展开了作者对人性和人道主义的一种

---

[*] 原载于肖书文编：《日本近现代文学名作选析》，华中师范大学出版社2007年版。

深层次的思考。

故事的主人公、第一人称"我"以一个十来岁的山里孩子的眼光,讲述了他在这个几乎是与世隔绝的小山村里一件亲身经历的事。夏季的大雨使得山村与镇子断绝了消息,一天凌晨,巨大的爆炸声把"我"和弟弟以及身为猎人的父亲从睡梦中惊醒,天亮后,村人们在飞机坠毁的山上抓到了一个黑人俘虏,这在这个小山村是一桩惊天动地的大事。孩子们兴奋极了,都跑去围观这匹被捕获的"猎物"。他们看着他被大人们簇拥着,脚上带着套野猪的铁索走进村子,看着他停下来小便,看着他被关在"我"一家人所住的仓库底下的地窖里,还从地窖的小窗里向里面窥视。等到爹回来,"我"问爹打算把黑人俘虏怎么办,爹说:"先喂着,看看镇上怎么说。""我"吃惊地问:"喂着?像牲畜似的?""他跟牲畜没两样,浑身一股牛臊味。"爹一本正经地说。他这句话为小村人对待俘虏的态度定下了基本的模式,并对"我"产生了极大的震动。"把黑人俘虏喂养起来?我紧紧地抱着膀子想,我真恨不得脱光身子大声叫喊:'把黑人喂养起来,像牲口一样……'"但又担心黑人养在村里会有危险,怕他"从地窖里钻出来,杀光村里所有的人和猎狗,烧光所有的房屋"。

"我"跟随父亲走山路去镇上请示如何处置俘虏,但镇上的负责人都怕担风险,要小村的人把俘虏暂时养着,不要跑掉了,等候县里的指示。父亲只好回到村里。全村的人不顾自己每天都在忍饥挨饿,还得给这个"猎物"准备一日两餐,送饭的任务就交给了"我"。最初"我"送饭时是由爹端着上膛的猎枪在旁边警惕地监视,但当黑人犹豫了一下开始大嚼送来的食物时,"我和爹并排靠在墙上,在万般感慨中看着黑人大吃大嚼。他埋头用餐,完全忘记了我们的存在。而不得不同饥饿搏斗的我,却正好得到了仔细观察这头大人们捕获的出色'猎物'——这一令人窒息的机会。这是多么令人惊叹的'猎物'啊!""我"开始欣赏黑人那"造型优美的头颅的卷发",他的"透着黑紫色的光泽"的皮肤,"肥壮的脖子呈现出强韧的褶皱,真令人为之倾倒"。只有他的体臭"催人呕吐",激起一种"类似发狂的情感"。

第二天,镇里的书记亲自来到小村视察。"我"从小窗里看到黑人"像一头挨了狂鞭的牲畜,屈身瘫倒在地面上"。"我"以为人们揍了黑人,感到无比愤怒:"腿被绑着,还揍他?"后来知道并没有人揍他,他一直就是那样躺着的,才平息了愤怒。书记向村人们宣布,看管黑人俘虏是村里的义务。这时"我"的朋友豁唇儿得意地喊起来:"我说过不会杀他的吧!""黑人压根儿就不是敌人。"弟弟也高兴地说:"杀了多可惜。""我"第二次送饭,看着黑人狼吞虎咽的样子,"简直是一头温柔驯顺的动物",父亲也不再端着猎枪。"已经不再惧怕黑人的事实给我带来巨大的喜悦。"除了送饭之外,"我"还担负着为俘虏倒便桶的任务,于是请求增加了豁唇儿一起来完成这件工作。几天后,大人们不再监视黑人,各自去做自己的事,只剩下孩子们和他做伴,"黑人名副其实地成了仅仅为充填孩子们日常生活而生存于地窖里的动物了"。

从此,"我"、豁唇儿和弟弟三人每天围着黑人席地而坐,这是一项特权。倒粪桶的事已交给外面恭敬等候的其他孩子去做,那些孩子为此而欢天喜地。"我"们三人甚至擅自决定解除了黑人脚上的锁链。"即使他腿上少一条锁链又会给我们带来什么危害呢?不过是一匹黑猩猩而已。"解除了锁链的黑人高兴得站起来直跺脚,把豁唇儿吓得逃出了地窖,但什么事也没有发生。晚上爹回来看到锁链解开了,也没有责备孩子们,"黑人给人的像家畜一般驯服的感觉,宛如空气,随着呼吸溶进了大人、孩子,以及我们村里所有人的肺腑"。清晨,黑人正在摆弄那只坏了的野猪套,见到孩子们来,示意要他们拿工具箱来。孩子们面面相觑,脸上忍不住露出了喜悦,"黑人对我们说话了,就像家畜对我们说话一样,黑人对我们说话了!"他们不顾危险,拿来了工具箱,"毫不犹豫地把它交给了黑人",他们不相信这家畜一般的黑人会用这工具干什么坏事。"黑人看着工具箱,又抬头看了看我们,我们也看着他,兴奋得浑身发热。'这家伙,和人一样呢。'豁唇儿低声对我说。我拍着弟弟的屁股,笑弯了腰,感到无比的幸福、惬意。"黑人也笑了,"我们吃惊地发现,原来黑人也会笑。就在这一瞬间,我感到和黑人之间,突然产生了一种深厚激昂的、近乎人与人之间的联系"。黑人用他灵活的双手修理好了野猪套，微笑地看着"我"和弟弟，"我"和弟弟也笑着望着他。"我们就像对一只山羊或者一只狗那样，久久地看着他那双诚实的眼睛。天很热，而这酷热又像是把我们和黑人结合起来的某种共同的愉快因素。我们不由得相视而笑……"一种真正是人与人之间的信任就这样建立起来了。

黑人后来还修好了书记摔坏的假肢，并且和书记、孩子们一起来到地窖外面，看书记试验那条假腿。书记点烟给黑人，黑人也送给书记一只烟斗。从此黑人就经常和孩子们一起出来玩，甚至一个人走出地窖。"当黑人来到外面，躺在树阴下小憩，或是弓着腰缓慢地在石板路上踱步时，无论孩子还是大人，都向他投去若无其事的目光。黑人像猎犬、孩子和树木一样，正在变成我们生活中的一部分。"他看父亲剥黄鼠狼的皮，看铁匠打铁，还和孩子们一起到泉水中去游泳。"他湿漉漉的躯体在强烈的日照下闪着光，像一匹黑色的马，丰满而俊美。"当他展示出他那"英雄般威风凛凛，粗大壮实得令人难以置信的极美的生殖器"时，所有的孩子都为之惊倒，"我们都在想，黑人真是一匹无比出色的家畜，一头天才的动物。我们多么喜欢黑人！"这个夏天是他们一生中最充实的夏天，"一种奇异的感情震慑了我们，——这给我们强健的肌体涂上光彩的夏天、像突然喷涌而出的油井在我们身上洒下一层漆黑的重油的夏天，将永远持续不断，永远也不会完结。"在孩子们心目中，黑人虽然还是像"马"，像"家畜"，像"动物"，但那已经是一种亲切的称呼，就像对一个日常亲密的朋友一样。他的人性已经得到全村人的接受和认同。可以设想，如果没有战争，这位"无比出色的家畜"一定会在这个小村里自由自在地生活下去，决不会比在他的家乡生活得差。

然而，好景不长。书记终于带着县里的处置意见来到了小村，召开了全村大会。县里指示由村里派人把黑人俘虏押送到镇上去。这个消息对于孩子们无异于当头一棒，"简直是把我们投进了惊恐和失望的深渊。把黑人送走之后，村里还有什么？夏天只剩下空虚的外壳！"于是"我"惊慌地跑到地窖去告诉黑人这个坏消息，可是由于语言不通，无法使黑人了解"我"的意思，反而激起了黑人的惊恐，他大概以为要把他拉出去枪毙。于是他一把抓住"我"作为他的人质，用野猪套索把地窖门捆死。"我看着他那双充血失神的眼睛，突然觉得黑人又同刚捕到时那样，像一只毫无理智的黑色野兽——一种危险的剧毒物质。"大人们赶来，发出了怒吼，要他放了人质，并把猎枪从小窗伸进来对着黑人，黑人更加以为是要置自己于死地，出于本能的求生欲望，于是死死地抱住"我"来抵挡可能射来的枪弹。"一切都残酷地告诉我，我成了俘虏，成了黑人与大人们交易中的砝码。黑人变成了'敌人'，而我的一伙却都在地窖盖板的那一边喧嚣。""我束手无策，像一只中了圈套的小野兔，还没搞清发生了什么事情，生命便要毁灭了。

我是多么愚蠢，竟像信任朋友一样信任黑人。可是我又怎么能怀疑浑身汗臭、总是露着笑脸的黑人呢？"

当大人们在外面砸地窖门的时候，黑人大喊一声，掐住了"我"的脖子，意思是再要砸门，他就掐死这个孩子。外面的大人们停止了一会儿，但又更猛烈地砸起来。"所有的人都把我抛弃了。大人们眼看着我被黑人扼杀也不肯住手。……我感到愤怒、绝望，屈辱地流着泪听着大锤的声响。"人们终于打碎了盖板，涌进了地窖。"黑人紧扼住我的身体，叫喊着退到墙角。我内心充满了敌意，对大人的、对黑人的、对所有一切的敌意。"最后爹拿着厚刃刀扑了上来，砍碎了黑人的头颅和黑人用来保护他的头的"我"的手掌。受伤的"我"躺在病床上，对一切都感到恶心，"而正是这些龇着牙，高举着厚刃刀向我扑上来的大人让我感到恶心和困惑。我不住地叫嚷，直到他们全都离去。"这就表明了"我"对于大人们、包括自己的父亲所代表的所谓"大义"原则的彻底拒绝和愤恨。当所有的人都陷入这场残酷血腥的战争中时，这场战争与孩子们有什么关系？与一个温驯的、无害的牲畜般的黑人又有什么关系？他们怎么可能成为"敌人"的？黑人最终并没有掐死孩子，应该说还是手下留了情的；但穷凶极恶的父亲却宁可牺牲孩子的手掌，也要置黑人于死地。战争使人们变得疯狂，哪怕是这么一个偏僻小山村的村民，也被绑在战争机器上，成为无情的齿轮和螺丝钉。战争使人们丧失了起码的人性，使一个最普通的人也可以毫不犹豫地向一个明知其无害的黑人，甚至向自己的亲生儿子举起屠刀。

十岁的孩子开始用一种叛逆的眼光来看这个"大人们"的世界了。"不断有匆匆忙忙的大人挺着胸，默默地走下山谷。我只感到大人们使我作呕，使我恐惧，每每把头从窗前移开。在我沉睡期间，大人们好像全变了，变成了其他星球上的怪物。"大人们正在山谷底下为开始腐烂的黑人尸体建栅栏，以防被野狗吃掉，因为上面指示不能火化，要保留尸体。山谷里弥漫着黑人的体臭和尸臭。"我"的包着绷带的手也发出臭味，但"我"认为"这不是我的臭味，是黑人的"。他开始与死去的黑人认同，因为他的血的确和黑人的流在了一块。"一个天启般的思想浸遍我全身，我不再是孩子了。……我已经与那个世界彻底无缘了。"书记过来安慰"我"，他抽着黑人送给他的烟斗，"我"却执拗地保持沉默。"我"在内心里说："战争，血流成河的旷日持久的大战争还在继续着。在遥远的国度里，尽管它像席卷羊群、柴草而去的洪水，但它绝没有理由波及我们的村庄。可是，现在爹却挥舞着厚刃刀扑上来把我的手掌打得粉碎。战争突然支配了村里的一切，使爹也失去了理智。"小说结尾，"我"对于书记在山上意外地摔死也无动于衷了。"这突如其来的死，死者的表情，时而充满悲哀，时而又不无微笑。这一切我都习以为常了。"因为，"我"已经不属于这个世界。

作者所描述的这场黑人和村民的冲突，表面上是一个由于语言不通而造成的阴差阳错的误会，但实际上是一场人性的悲剧。在这里，语言其实并不重要，只要人们还保持有人性的底线，悲剧就不会发生。村民无意杀掉黑人，黑人也无意杀孩子，但可悲的是，这一切都发生了。这是一个疯狂的世界，一个丧失了人性的世界。在一个孩子的眼里，宁可离弃这个世界，而不愿意生活在这个世界中。这就是作者通过一个孩子的眼光对这场战争的人道主义的反思。

（本篇中引文采用沈国威译文，载《大江健三郎作品集——死者的奢华》，光明日报出版社1995年版。）

桜園物思い

Ⅲ

釈疑

From Natsume Soseki to Haruki Murakami

村上春树《挪威的森林》爱情观探析

　　村上春树的代表作《挪威的森林》一直被认为是他的最佳杰作,自1987年出版以来,已销售超过400万部。这一成绩令文学界的其他作家十分羡慕。这股热潮不仅风靡日本,随着1989年"台湾版"《挪威的森林》的翻译出版,汉语圈读者开始了对村上春树的狂热追捧。两年后香港版《挪威的森林》刊行,10年后大陆版《挪威的森林》也在北京上海刊行。这股热潮不仅影响了东亚国家,也波及欧美国家,掀起了"村上春树热潮"。由此,"村上春树现象""村上春树的时代"等文化符号早已超越了国家的界限,开始在全球范围内扩展。从读

---

* 本文发表于《华中科技大学学报》(社会科学版)2016 年第 6 期。系由肖书文对所指导的周雅杰的硕士论文再加工而成。

者的构成来看,女性读者众多,再从年龄层来看,读者主要是年轻人。我想这与小说中描述的现代爱情故事是分不开的。但是,日本文坛似乎从来不缺少对爱情的描写,为什么已经出版了28年的《挪威的森林》却一直能够吸引读者的眼球,让人神往不已呢?究竟《挪威的森林》中的爱情关系是怎样的呢?村上春树通过描写这样的爱情又想传达出什么呢?本文试图探讨一下这个问题。

一、《挪威的森林》的"成长小说"之谜

在《挪威的森林》中,虽然语言极为平实易懂,但内涵却相当深奥,甚至还有一些不解之谜一直在困惑着读者。例如,1987年《挪威的森林》初版的时候,村上春树在书的封面上注明是"百分之百的恋爱小说";但后来1991年在村上的创作谈中,他又说,"恋爱小说"只是为了宣传而写上的,实际上属于现实主义的手法,说"成长小说"更贴切。[1]

但对村上的这番解释,迄今为止,感到疑惑的多,表示理解的几乎没有,一般评论家干脆就回避了。据《挪威的

---

[1] 参看林少华的《永远的青春风景(译序)》,见〔日〕村上春树:《挪威的森林》,林少华译,上海译文出版社2007年版,2016年第34次印刷,第7—8页。

森林》的中译者林少华先生在2016年新印的该书译者序中所披露的信息,评论界似乎还没有谁在认真关注这一问题。序中列举了数位著名的国外评论家的名字,如远藤仲治、三枝和子、千石英世、黑古一夫、美国哈佛大学教授杰·鲁宾,等等,他们在解读《挪威的森林》时,似乎都没太注意村上春树反复强调的"现实主义"和他自己命名的"成长小说"之间的内在联系。他们要么从细节上否认这部小说是现实主义地反映了当时的日本社会;要么承认小说按照对"恋爱小说"的某种定义并不符合通常的恋爱小说的框框,不如称为"青春物语"或"新型恋爱小说";要么肯定这是一部"现实主义小说",但理由却局限于查证作者的个人记忆和社会事件;要么则另外命名为"自杀小说"或"自慰小说"之类。所有这些都没有和"成长小说"挂起钩来,而大多数人都还是坚持这是一部"恋爱小说",并努力想去探究其中的"三角关系"。[1]这样一些反响使得村上春树抱怨自己的作品被误读了,他的苦衷被漠视了,他为之感到委屈。[2]

反观国内,则对于村上春树的"成长小说"这一说法同样没有回应。无论是在香港学者岑朗天的《村上春树与后虚无时代》(新星出版社2006年版)中,还是在雷世文的《相约挪

---

[1] 参看林少华:《永远的青春风景(译序)》,上海译文出版社 2007 年 7 月第 1 版,2016 年 2 月第 34 次印刷,第 9—10 页。
[2] 同上,第 8 页。

威的森林——村上春树的世界》(华夏出版社2005年版)中,或是在冯明舒的《村上春树作品中的女性形象——以〈挪威的森林〉为例》(作家2014年,第8期)一文中,都未涉及"成长小说"的问题。刘悦的《国内村上春树研究概况及走向》一文(《日本学论坛》2008年第2期)也对此只字不提。目前所能看到的唯一的回应还是译者林少华在小说的译者序言中所做的初步分析。他在上述译者序中说:

> 依我之见,作为手法和风格(文体),我认为《挪》是现实主义的,而作为内容,说是"恋爱小说"或"青春小说"也未尝不可,不大赞成在恋爱小说、青春小说和"成长小说"之间还要明确划一条非此即彼的界线,仿佛势不两立。一般来说,青春时代谁都要恋爱、谁都要成长,或者说爱情和成长是青春时代的主旋律,再加以区分又有多大意义可言呢?[1]

显然,林少华对村上春树自己所说的那番关于"恋爱小说"和"成长小说"的区别的话不以为然。而这样一来,村上本人为什么刻意要在这两者之间做出划分,以及为什么对他人的"误读"感到"委屈",就成了一个难解之谜。

---

[1] 参看林少华:《永远的青春风景(译序)》,上海译文出版社2007年7月第1版,2016年2月第34次印刷,第10—11页。

想要弄清以上问题，有必要重新逐字逐句地研读《挪威的森林》。经过研究，本文对这一难解之谜所做出的解答是：这是一部关于"爱情观成长的小说"。

二、《挪威的森林》故事梗概

小说是从37岁的主人公"我"（主人公渡边，本文表记为"我"）到达布鲁克机场开始展开叙述的飞机着陆后，天花板扬声器中低声流出甲壳虫乐队演奏的《挪威的森林》。那旋律一如往日地使"我"难以自已，陷入无限惆怅，将"我"带入了18年前的记忆世界。

1969年，"我"18岁第一次离开父母，只身一人来到东京求学，结识了两个同住的人。一个是地理专业有洁癖的"敢死队"，另一个是相传和100个女孩睡过觉的东大法学部学生永泽。然而由于高中时代唯一的好友木月的自杀，"我"决定"对任何事物都不想得过于深刻，对任何事物都保持一定的距离"[1]，因此虽然和"敢死队"同住，也经常和永泽出去找女

---

[1]〔日〕村上春树：《挪威的森林》，林少华译，上海译文出版社2007年版，2016第34次印刷，第32页。以下文中凡引原文，均引自此书。只在句末标明页码。

孩,可是始终没有对他们打开心扉。

直子是死去的好友木月的女友,通过木月"我"和直子相识。木月死后,"我"和直子也分开了。再次见到直子是在一年后中央线的电车上,每周一次的约会让"我"对直子产生了好感。直子20岁生日那晚,"我"和她睡在了一起,竟发现她此前一直是处女。可是当"我"一周后再去直子住处时,她已搬离了这里。三个月后,从一个叫作"阿美寮"的地方疗养院寄来了直子的信,得知了直子近乎崩溃的身心状况,我陷入了悲伤与沮丧之中。

直子的缺席,让另一位女孩绿子走进了"我"的生活。绿子是"我"在"戏剧史Ⅱ"班上的同学,与直子的忧郁不同,她阳光可爱,活力四射,一下便吸引了"我"的注意。几次交往下来,"我"和绿子变得熟络起来,和她一起照顾她生病的父亲,并在绿子家里品尝了绿子的料理。饭后在露天的阳台上两个人边喝酒边唱歌,气氛变得亲密起来,"我"吻了绿子的嘴唇。

另一方面,出于性欲的需要,"我"和永泽经常去找陌生女孩约会、睡觉。事实上,永泽有一个叫初美的女友,她美丽端庄,楚楚动人。初美虽然知道永泽同其他女孩睡觉的行为,却痴心等待永泽的改过。但得知永泽海外赴任的消息后,她心灰意冷地同别人结了婚,于两年后选择了自杀。"我"得知初美自杀的消息后,决定永远不再原谅永泽。

直子在疗养院期间，"我"曾两次去京都看望她。并和直子的室友、比她大19岁的玲子相识。"我"向直子提出一起生活的想法，并返回东京后一边装饰新居一边等待直子的答复。但是等来的却是直子病情恶化的消息，"我"陷入了深深的绝望与无措。另一方面，由于深陷绝望的苦痛，"我"长时间没有联系绿子，收到了绿子写给我的绝交信。于是，"我"同时失去了直子和绿子。

直子最终没能走出死亡的阴影，她追随着木月的脚步，消失在静谧的森林深处。玲子担心"我"，特地在去往北海道的途中看望"我"。"我"和玲子为共同拥有过的直子举行音乐的葬礼。然后两个人不约而同地渴求对方，发生了性关系。小说的最后一幕，"我"在电话亭中给绿子打电话，"告诉她自己无论如何都想跟她说话"，"整个世界上除了她别无他求"。然而面对绿子"你现在哪里？"的提问，"我"却完全不知怎么回答。小说也以"我在哪里也不是的场所的正中，不断呼唤着绿子"（374）这句意味深长的话结束。

三、围绕着渡边的爱情关系

本文中所讲的爱情，一般而论是将两性关系看作爱情的最重要、最基本的要素，只不过小说中的各类爱情在爱情的方式和类型方面是有差别的。但是不论有怎样的差别，都可以囊括进爱情关系这个大范围中来考察。

1. 渡边和直子

这是小说中最重要的，也是作者花费笔墨最多的一对爱情关系。小说一开始就是以渡边对直子的怀念拉开序幕的，37岁的渡边，心目中最忘不了的已逝恋人就是直子。

通过木月，渡边和直子相识。三个人一起度过了愉快的高中时代。然而这种三人关系其实相当封闭，木月和直子是从3岁起就在一起的青梅竹马的亲密玩伴，并且很早就确立了恋爱关系，渡边是后来进入的，算是"外来者"，三人都除了另两人外没有任何朋友。但木月和直子的爱情是不含性的具体内容的纯情，类似于《红楼梦》里面的那种干干净净、纯洁无瑕的爱。性的缺席在动物群体内部是避免近亲繁殖的一种本能，而在人类家庭内部关系过于密切的兄妹姐弟之间，对性欲通常也是排斥的，木月和直子的关系就近似于这种关系。所以木月死后一年多，当直子开始以恋人身份和渡边交往，并在20岁生日的晚上与渡边发生性关系时，渡边惊讶地发现直子还是个处女。渡边之所以能够成功进入到直子内部，是因为他毕竟是个"外来者"。性爱的激情是需要一点陌生感和神秘感的，过于熟悉的人之间则不容易激发起性冲动。直子后来向渡边承认（146），她和木月相处时从来没有过性冲动，几次尝试做爱都不能进入，和渡边的那一次是她的第一次，而且在以后的交往中，性冲动也不再重来了。为什么会这样？这个让读者困惑不解的谜必须从直子的爱情观中去理解。

　　毫无疑问，从一般意义上说，直子和渡边是相爱的，这种爱超过了直子和木月那种没有性冲动的平静的爱，而达到了两性之爱的极致。谈到和渡边那唯一的一次性交，直子告诉玲子："那实在是太妙了，整个脑袋都像要融化似的。真想就那样在他怀抱里一生都干那事。"（362）玲子说，既然如此，你何不就和渡边一起生活？直子却说不行，"那东西不期而来，倏忽而去，而且一去不复返。一生中只碰巧来那么一次，那以前和以后我都毫无所感。既无冲动，又没湿过。""我只是不希望任何人进到我那里边，不想让任何人扰乱我。"（362）面对渡边一再表白要和直子永远在一起生活的愿望，直子却一直不肯答应，她的理由是："因为，一个人永远守护另一个人，是不可能的呀。嗳，假定、假定我和你结了婚，你要去公司上班吧？那么在你上班的时间里，有谁能守护我呢？你出差的时候，有谁能守护我呢？难道我到死都寸步不离你不成？那样岂不是不对等了，对不？那也称不上是人与人的关系吧？再说，你早早晚晚也要对我生厌的……我可不希望那样。"（9）可见，尽管直子在渡边那里初次享受到了两性之爱的最高境界,她却依然守护着她和木月从幼年时代所形成起来的那种两小无猜、天真无邪的关系,那种关系不带性的饥渴,因而不会"进到我那里面"来"扰乱我"。

当然她也早已预见到这种两人世界是不可能长久的,人总是要长大,进入社会,要承担工作,即算木月不死,他们这种爱情也必然会"一步步陷入不幸"(167)。甚至木月的死因,我们也可以通过直子的点滴透露而合理猜测,是由于心理上的原因导致性无能,在和直子多次尝试性爱失败后,转而采取的拒绝生理上成长、拒绝进入成年的一种及时退出的举动。渡边作为"外来者",是他们两人和外界交流的唯一通道,或者如直子所说,是"把我们同外部世界连接起来的链条。我们力图通过你来努力使自己同化到外部世界中去,结果却未能如愿以偿"。(168)为什么不能如愿以偿?因为她清楚地看到,这个外部世界没有什么地方可以安放她和木月从小形成的那种爱情的理想。那种理想就像童贞时代的"我那里面"一样,如此安宁、平和、一汪静水,不起波澜;但也没有激情,没有创造,没有生命冲动。只有一个地方可以安顿这种爱情,那就是记忆。所以直子在和渡边最后一次见面要分手时,千叮咛万嘱咐的是:"希望你能记住我,记住我这样活过、这样在你身边待过","永远都不会把我忘掉"(11、12)。然而遗憾的是,记忆这东西是靠不住的,它无可奈何地一步步远离开去了。

> 关于直子的记忆越是模糊，我才越能更深入地理解她。时至今日，我才恍然领悟直子之所以求我别忘记她的原因。直子当然知道，知道她在我心目中的记忆迟早要被冲淡。唯其如此，她才强调说：希望你能记住我，记住我曾经这样存在过。想到这里，我悲哀得难以自禁。因为，直子连爱都没爱过我。（13）

人不可能永远生活在记忆中，必须要在现实中有新的创造。然而，直子的爱的理想正好只能置身于记忆中，只有死去的木月才符合这种理想，也正是木月的及时死去，才成全了这种理想。因此渡边感到，自己作为一个活生生的成年男子，从来没有被直子爱过，直子爱的只是她那个空幻的理想。的确如此，否则无法解释直子在决定自杀的当天，为什么把自己的日记、信件，包括她平时十分珍惜的渡边的来信统统付之一炬（360），她是在和这个世界的爱告别。也可以说，渡边和直子两人爱情的方向完全是相反的，一个是面向生活和未来的，另一个却是面向过去和死亡，但两种不同方向的爱情却在某一点上相交了。渡边从木月的死中悟到一个道理："死并非生的对立面，而作为生的一部分永存"（32）；但通过直子的死，他进一步悟到的是：即使是懂得了上面的哲理，"也无以排遣这种悲哀"（349）。因为虽然在记忆中，在想象中，"直子的形象如同汹涌而来的潮水向我联翩袭来，将我的身体冲往奇妙的地带。在这奇妙地带里,我同死者共同生活。直子也在这里活着,同我交谈,同我拥抱。在这个地方,所谓死,并非是使生完结的决定性因素,而仅仅是构成生的众多因素之一"。(348)但潮水退去之后,这种哲理在现实中、在巨大的悲哀面前是那么软弱无力。唯一能够拯救这种悲哀的,只有生命本身,以及代表这种生命活力的绿子。

村上春树在这本小说的"后记"中说,他最初的想法是想把他以前的一个短篇小说《萤》扩展为一部长篇恋爱小说(375)。确实,在《挪威的森林》中也有一段对萤火虫的描写(58—61),极富哲理。渡边放生了一只衰弱的萤火虫。"萤火虫消失之后,那光的轨迹仍久久地印在我的脑际。那微弱浅淡的光点,仿佛迷失方向的魂灵,在漆黑厚重的夜幕中彷徨。我几次朝夜幕伸出手去,指尖毫无所触,那小小的光点总是同指尖保持着一点不可触及的距离。"(61)萤火虫生命短暂,象征着直子的爱情,以及她那为爱而死的灵魂。

2. 渡边和绿子

直子死后,渡边意识到自己所面临的事实只有一个:"直子死了,绿子剩下。直子已化为白色的骨灰,绿子作为活生生的人存留下来。"(352)渡边的爱情观和直子的还有某一点上的交接,他性格上骨子里还保留有直子和木月那种天真纯洁，所以他才能和那两人保持那么久的纯真的友谊，并对直子那种与自己背道而驰的爱情取向抱有深深的同情和惋惜。但作为"外来者"，他比木月和直子都更具有面对现实的勇气，他以此而成为那两位与外部世界连接的链条。至于绿子，则完全没有那种理想主义的爱情伤感，她"全身迸发出无限活力和蓬勃生机，简直就像刚刚迎着春光蹦跳到世界上来的一只小动物，眸子宛如独立的生命体那样快活地转动不已，或笑或恼，或惊讶或气馁"（66—67），一下子便吸引了渡边的视线。这是一种完全植根于生命活力之上的爱情。绿子在认识渡边之前已有一个男朋友，但一旦发现渡边更有个性，也更适合于自己个性的发展，便毫不犹豫地与前男友一刀两断了。

绿子之所以被渡边吸引，首先是由于渡边的那种特立独行。在一次课堂点名时，渡边由于对这种靠点名来维持课堂人数的做法有种反感，在点到自己时却故意不答应。下课后，绿子便主动过来搭话。她发现这个人说话不多，看似提不起精神，但句句都是实话，没有丝毫想要讨好谁的意思，却意外地在言谈间透着谐趣和并非刻意的幽默。她对渡边的判断是："在别人眼里，你是个不被人喜爱也觉得无所谓的角色。或许有些人对你这点感到棘手也未可知。……不过我喜欢同你说话，你说话的方式真是别具一格：'我不情愿被某种东西束缚住'。"（93—94）这种性格正对绿子的胃口，她自己就是这样，即"我所求的只是容许我任性，百分之百的任性"。（101）同时，她也看出渡边是个不会把自己的意见强加于别人的人，"你不属于那种类型，所以同你在一起才心里安然"。（220）从世俗的眼光来看，也许绿子是一个十分普通的女孩，出身平凡，胸无大志，喜欢耍小脾气；然而在渡边看来，这就是生活本身的模样，一个热爱生活的人，不会看不出绿子的灵动的美和情感的热烈真挚。绿子有滋有味地享受着自己忙碌劳累的生活，一边要上课，一边要照顾自己生病住院的父亲，接手父亲的书店业务，一边还要赶紧和自己的心上人谈恋爱，在前男友和渡边之间做出抉择。与直子那种遥不可及的理想比起来，绿子显然更能撩拨和激发渡边那颗青春焕发的心，渡边还在给玲子的信中这样倾诉他的两难：

> 我爱过直子，如今仍同样爱她。但我同绿子之间存在的东西带有某种决定性，在她面前我感到一股难以抗拒的力量，并且恍惚觉得自己势必随波逐流，被迅速冲往遥远的前方。在直子身上，我感到的是娴静典雅而澄澈莹洁的爱，而绿子方面则截然相反——那是站立着的，在行走在呼吸在跳动，在摇撼我的身心。我心乱如麻，不知所措。（343）

在这种情况下，渡边越发觉得自己不能对绿子越过最后一道防线，甚至在绿子多次明显的挑逗和暗示面前，还能够坚忍不拔地把持住自己。当绿子询问他为什么这样时，他说："你现在是我最宝贵的朋友，我不愿意失去你。"（320）另一个理由是他现在心中还悬挂着和另一位的关系（226），他"已下定决心，在各种事情一一落实之前不干那事"（366）。这种自制力让绿子感动。她知道渡边脚踏两只船，她甚至一怒之下给渡边写过绝交信，因为渡边心中有另一个女人而忽视了她的发型的更换。但她也知道渡边对她这样保持分寸是对的，像个男子汉。

渡边毫无疑问爱着绿子，在失去绿子的那段时间，他清楚地意识到自己对绿子的爱已经超越了自己意料的程度，变得不可掌握与操控，只不过自己长期回避做出结论而已。但这种爱最初并不是他主动追求来的，他是被动地受到吸引，绿子则是主动的。后来他意识到这是上天赐给他的福星，是把他从对直子的那种无望的爱里面救拔出来的唯一机会，他说："见到你，我觉得多少适应了这个世界。"（223）绿子受现代性解放潮流的影响，比直子更接地气，她与渡边的爱情更适合于现代社会人性张扬和冒险拓荒的现实生活。小说的最后一个场面，渡边在电话亭中不断地呼唤着绿子，但他却不知道自己所站立的地方是在哪里。这个世界上人来人往，谁都不知道自己究竟要走向何方，而他也正从这个"哪里也不是的场所的正中"，向绿子身上那开拓生活的冒险精神发出呼唤。或者可以说，绿子是帮助渡边的爱情观从幼稚走向成熟的一剂良药，无怪乎村上春树把自己这部小说称为"成长小说"。[1]

3. 渡边和玲子

玲子是直子在"阿美寮"疗养院的室友,渡边初次来到"阿美寮"时便和她相识。看着眼前比自己大近20岁的玲子,渡边不由觉得真是一个不可思议的女性。她离过婚,脸上有很多皱纹,却并未因此显得苍老,反倒是一种超越年龄的青春气息通过皱纹被强调出来。"不仅给人印象良好,还似乎有一种摄人心魄的魅力"(124),渡边一眼便对她产生了好感。

对渡边和直子二人的事情了如指掌的玲子,始终像是桥梁一样在二者之间起到调和作用。在直子情绪崩溃之时,她代替渡边抱着她安慰她;面对手足无措的渡边时,她总是给出建议和忠告;直子情况恶化不能书写时,她替代直子写信;面对绝望的渡边时,是她鼓励渡边不要放弃,耐心等待。在持续不断的交往中,渡边越发地依赖像姐姐一样鼓励安慰自己的玲子,在给直子的信中,渡边多次提及玲子,向她问好。夜晚躺在床上,渡边也会思念玲子的吉他。面对直子情况恶化,渡边陷入绝望时,他首先想到的便是始终给自己以鼓励支撑的玲

---

[1] 本文不赞同林少华把"成长小说"理解为渡边"追求纯真的过程"(参看林少华的《永远的青春风景(译序)》,见《挪威的森林》中译本,译序第17页),恰好相反,应该是从男孩女孩那种不成熟的天真纯洁中摆脱出来,走向成年人的性爱的过程。

子，并给她去信寻求安慰。当在直子和绿子间犹豫不决时，他还是对玲子和盘托出，希望得到玲子的建议，玲子也确实给他提供了非常理智、善解人意的建议。这一系列的事情均说明了渡边对玲子的依赖与信任。

直子死后，玲子决定离开"阿美寮"，在去往北海道的途中，途经东京来看望渡边。虽然已经十余月未见，和玲子并肩而行，却让渡边感受到久违的平和与宽慰。两个人一同为直子举行音乐葬礼，渡边看着弹吉他的玲子，不禁告白："我是特别喜欢现在的你。"（365）葬礼过后，两个人不约而同地渴求对方的身体，一夜四次交合在一起。送别玲子时，两人不顾他人的视线，在车站热烈地吻别。

最难以让人理解的是，渡边和玲子到底是如何从朋友关系上升到恋爱关系的？甚至他们的关系究竟是否能够称为恋爱关系都成问题。其实，玲子作为直子的传话人和最知心的朋友，早已和直子的精神融为一体。可以说，木月去世后，在阿美寮玲子就代替了木月的位置，重新和直子、渡边组成了三人组，共同生活在《挪威的森林》的古典音乐氛围中。她在直子死后不但继承了直子的衣服，而且继承了直子的精神，她实际上是代表直子来和渡边发生关系的。不过事情又不止如此，玲子由于饱经沧桑，虽然仍然怀抱纯情之爱的理想，但也力图把直子和渡边的爱情提升到能够适应现实生活，她与直子和渡边的关系恰好如同当初渡边与直子和木月的关系一样，也构成了一个连接内部和外部世界的链条。所以她处理直子和已经爱上绿子的渡边之间的关系十分老到，充满人生智慧。她劝渡边不要为自己又爱上绿子而内疚，主张顺其自然，并且鼓励他："在风和日丽的天气里荡舟于美丽的湖面，我们会既觉得蓝天迷人，又深感湖水多娇——二者同一道理。不必那么苦恼。纵令听其自然，世事的长河也还是要流往其应流的方向，而即使再竭尽人力，该受伤害的人也无由幸免。所谓人生便是如此。"（345）

在这种意义上，玲子成了渡边的爱情观成长旅程中的又一站，她把渡边按照自然的方向推向了生机盎然的绿子，但又不完全抛弃直子那种对纯真爱情的理想，而是综合了两种爱情观的长处，使渡边的爱情内涵更丰富，更加经得起现实的考验，具有向上的活力。

4. 渡边和其他的女孩

小说描述渡边和一夜情的女孩的场景共有四个，而据渡边自己坦白，他有过七八次这样的经历。他和永泽相识后，两人经常一起去找女孩，和她们一起喝酒，然后到旅馆一同上床。这个过程实在过于简单，大多是由欲望主导，也就是说性欲是这场爱情开始的诱因，性的满足同时也是爱情的结束，二人共同度过温暖的一夜，爱情就在当场发生，发泄过后，不留下任何痕迹。当然也并不是说完全不存在亲密和温存的因素，渡边这样解释:"有的时候需要得到温暖","如果没有体温那样的温暖,有时就寂寞得受不了"(268),和陌生女孩睡觉也是从对方身上获取温暖和排解寂寞的手段。只是,这种亲密的层次相对来说是比较低的,原本两个不相识的人,只是一起喝酒做爱,互相并不了解对方,或者说连了解对方的意愿也不存在,只是渴求对方的身体的温存,完事之后各自走路。因此,这里所说的亲密,无非是指一种临时的慰藉。在这个时候,渡边往往讨厌对方过分了解自己,注意同她们保持着距离,对她们刨根问底的提问,他通常感到厌烦,迅速想法逃离。性与爱的分离是这个时代青年人的时尚,渡边虽然不能免俗,甚至还和永泽一起玩过交换性伴侣的游戏,但也并不像永泽那样乐此不疲和理直气壮,而是有种对自己的厌恶和负罪感。

作为与这种一夜情的性爱关系相对的另一极端是永泽的女朋友初美,渡边这样描述她:

> 比初美漂亮的女子不知会有多少,永泽不知会搞到多少那样的女子,但初美这位女性身上却有一种强烈打动人心的力量,而那绝非足以撼倒对方的巨大力量。她所发出的不过是微不足道的力,然而却能引起对方心灵的共振。……我一直注视着她,一直在思索她在我心中激起的这种感情震颤究竟是什么东西……
> 它类似一种少年时代的憧憬,一种从来不曾实现

而且永远不可能实现的憧憬。这种直欲燃烧般的天真烂漫的憧憬，我在很早以前就已遗忘在什么地方了，甚至很长时间里我连它曾在我心中存在过都没有记起。而初美所摇撼的恰恰就是我身上长眠未醒的"我自身的一部分"。（272—273）

渡边加给她的形容词是"非常高贵，楚楚动人"，并且马上联想起玲子用吉他弹奏的《挪威的森林》（270）。显然，初美的爱情和直子、木月所体现的那种儿童式的理想爱情是相通的，不同之处只在于，初美一心想把这种纯真理想的爱情在一个现实的男子永泽身上实现出来，而直子和木月则把理想和现实区分得很清楚。于是，初美最终的自杀就是日本传统女性得不到真爱的人时那样一种殉情而死，显得特别悲惨；而直子（可能还有她姐姐）和木月的自杀则不是这样，他们是追随理想而远离尘世，经过精心策划和理性的安排，甚至带着有点愉快的心情走向彼岸。这就不难理解，为什么渡边对初美特别有种同情的理解，认为她撼动了"我自身的一部分"，因为渡边和初美一样，也是努力想要把这种纯情理想的爱情在现实的对象上实现出来，并且同样遭到了惨败。只不过渡边身上的入世的一面阻止了他走上木月的道路，而玲子和绿子则最终把他引向了现实的爱情，使他能够承受住失恋的打击，坚强地去开拓新的生活。

三、渡边爱情观总论

根据以上的分析，我们可以对渡边的爱情观做一个总体上的分析了，按照所谓"成长小说"的界定，这种分析也必须是动态的。可以说，渡边是一个特别纯真和诚实的青年，他的特立独行并不是要显得与众不同，而只是一种诚实心性的直接表露，在这个充满虚伪的世界反倒显得与他人格格不入了。而到了青春发育的年纪，他向往那种敞开心扉无所不谈的朋友关系和青春少年理想中的恋情，也是很自然的，这也是他能够毫无阻碍地融入与直子和木月的三人组合中来的基础。但是渡边并没有直子和木月那样青梅竹马式的成长经历，而是与外部世界有着较为广泛的交往和冲突，虽然不是有意的。木月则"决非社交型人物，在学校里，除我以外他同谁也合不来"。（30）直子呢，离开了木月的媒介就连和渡边也无话可说。木月死后，直子升入女校，也还是没有办法融入集体生活，没人来往，才重新又与渡边建立起了联系，而且每次交谈都是由渡边主动谈起寄宿宿舍里的各种趣事，直子只是发笑。渡边身上的这种社会性和现实感是他能够突破儿童期对恋爱的理想而成长到成人性爱的心理条件。

但这种成长是痛苦的。可以设想，即使直子不死，如果她不改变自己的爱情观的话,渡边也不可能和直子"终成眷属",而只能像初美那样痛失我爱。当然他不大可能去自杀,因为比较起来,他还算是一个心理上正常发育的青年。童年的理想在正常的人生的旅途中是一个必经的阶段,但那只能是一个阶段而已,每个人都必须在生命的某个时期,也就是从情窦初开的青春期到进入成人的阶段,毅然跨过这一界限,才能获得情感上的新生。渡边其实已经意识到了这一点,他在耐心等待直子康复的苦闷中自己鼓励自己说:

> 喂,木月!我和你不同,我决心活下去,而且要力所能及地好好活下去。你想必很痛苦,但我也不轻松,不骗你。这也是你留下直子死去造成的!但我绝不抛弃她,因为我喜欢她,我比她顽强,并将变得更加顽强,变得成熟,变成大人——此外我别无选择。这以前我本想如果可能的话,最好永远十七、十八,但现在我不那样想。我已不是十几岁的少年,我感到自己肩上的责任。喂,木月,我已不再是同你在一起时的我,我已经二十岁了!我必须为我的继续生存付出相应的代价!
> (319)

这一段内心独白极其重要,它表明渡边在内心挣扎中的某种顿悟、某种升华,并且最终决定了他的爱情观蜕变的根本方向。直子的死无形中促进了渡边的这一蜕变过程,但如果没有玲子的帮助和绿子的接引,渡边的这一过程还要困难得多。

与直子所代表的那种封闭在童年憧憬中的理想爱情观不同,绿子从小就比较开放和合群,她一点都不为自己在贵族女校中相对卑微的地位而自卑,相反,她受现代思潮的影响,崇尚独立的人格,看不起那些以金钱和地位傲人的习气。她为追求自己的幸福而大胆奔放,毫无顾忌,显示了天性中的阳光活力;但她又不是那种不懂世事的傻女孩,而是知道生活的艰辛,努力为家庭分忧,照顾生病的父亲尽心尽力。在恋爱方面她不但有眼光,也颇有心计,一旦看准就抓住不放,死追到底。渡边这样的青年,虽然在性方面也很开放,但在爱情方面并不是容易动心的。绿子却凭借她的活泼、开朗、善良和聪明,在渡边仍然迷恋着直子的时候,就敲开了渡边的心扉。

然而,正如玲子所说的,直子和绿子在渡边心目中固然是两种不同的爱情类型,但也并不是完全不能相容的,而应该是重叠的。就渡边爱情观的成长历程来说,固然有必要超越对直子的那种静止的纯情的理想之爱,而进入到与绿子的共同面对现实生活而充满活力与惊喜的动态之爱,但在每个成年人的内心深处,童年时代对爱的憧憬毕竟是不可磨灭的。这种憧憬虽然被超越了,但并不是被抛弃了,而是继续在心底里为后来成熟了的爱情观提供着动力和爱的源泉。这也正是"成长"的本意。成长并不是拔离自己的根,而是由根子中汲取营养不断长大。这也就是小说为什么一开始主人公回顾自己的爱情历程时,脑海中浮现出来的只有直子的缘故。因为那虽然不是爱情的归宿,但却是爱情的根。一个饱经世故的成年人就应该像玲子那样,既对人的情感的成长有深刻的理解和同情,但又仍然保持着内心的纯真。所以玲子会把渡边的双重爱情比作在湖面荡舟,既欣赏蓝天的迷人,又感叹湖水的多娇,那是因为湖水所反映的恰好就是美丽的蓝天!渡边对绿子的爱情中,当然也包含有纯情的底色,这其实也是吸引双方的一个基调。但这个基调在渡边与直子的关系中只是一个相交的点,然后就只能分道扬镳;而在渡边与绿子的关系中却成为一个生长点,虽然最终的结局如何,书中并未交代,但这正好说明这是一场生命的冒险,必须孤注一掷、全力以赴,才有希望修成正果。

因此,我们也就能够理解作者在第一章的回忆中对小说的创作起因所做的表白了:

>但不管怎样,它毕竟是我现在所能掌握的全部。于是我死命抓住这些已经模糊并且时刻模糊下去的记忆残片,敲骨吸髓地利用它来继续我这篇东西的创作。为了信守我对直子做出的诺言,舍此别无他法。(12)

生长点已经在手,它是否能够长成参天大树,还在未定。据译者林少华说,小说中的渡边和绿子并没有成为夫妻,而现实中的村上春树和绿子的原型阳子倒的确是一对美满的夫妻。[1]作者为什么要这样安排？正是因为生活本身就是一场冒险，结局如何尚在未定。所以作品最后的那句令人百思不得其解的结语："我在哪里也不是的场所的正中，不断呼唤着绿子。"正表明了渡边这时感到自己失去了任何外在的参照物，而只能凭借自己来给自己定位了。不论他在哪里，他对绿子的呼唤就是他的中心，其他事物都要以这个中心为坐标来定位，因为呼唤绿子就是呼唤生命。这样安排恰好表现出作者的匠心独运和深刻之处，因为，是否能够"有情人终成眷属"取决于许多偶然因素，但即使两人没有结婚，这一段恋爱却并不因此失去意义，它标志着渡边的生命已经战胜了死亡，他已经真正"成人"了。小说所要描述的不是一桩事实，而是一种哲理。

结论

村上春树这部"成长小说"，讲的是少男少女在青春期如何努力挣扎着走出少儿时代那种对两性关系的幼稚的幻想，而向着成熟的爱情观成长的故事。作者以主人公渡边为主线，

---

[1] 参看林少华：《永远的青春风景（译序）》，上海译文出版社 2007 年 7 月第 1 版，2016 年 2 月第 34 次印刷，第 20 页。

描述了几个正处于青春发育期的男孩女孩对待爱情的态度，以及渡边的爱情观从儿童式的理想经过痛苦的挫折而走向成熟的过程。在他身上所展示出来的爱情类型实际上是一个正常发育的青年必须经历的一种动态类型，在这一动态过程中，作者表现了爱情的各个阶段的铭心刻骨，以及从无性的纯情到性爱的激情再到灵肉一体的爱情的丰满内涵，表现了爱的光谱和多样性，展示了爱是什么以及人通过自己的努力可能是什么。小说具有现代气息，富含哲理，激发起当代年轻人对自己的爱情观进行思考的极大的兴趣。这也是该小说在年轻读者中取得巨大成功的原因。

肖书文　周雅杰

参考文献

〔1〕村上春树：《挪威的森林》，林少华译，上海译文出版社2007年版，2016年第34次印刷。

〔2〕林少华：《为了灵魂的自由——村上春树的文学世界》，中国友谊出版公司2010年版。

〔3〕岑朗天：《村上春树与后虚无时代》，新星出版社2006年版。

〔4〕雷世文：《相约挪威的森林——村上春树的世界》，华夏出版社2005年版，第9—20页。

〔5〕冯明舒：《村上春树作品中的女性形象——以〈挪威的森林〉为例》，载《作家》2014年第8期，第115—116页。

〔6〕刘悦：《国内村上春树研究概况及走向》，日本学论坛2008年第2期。

志贺直哉和郁达夫小说比较研究*

郭沫若曾指出:"中国的新文艺是深受了日本的洗礼的。"[1] 即中国的现代文学作家多多少少都曾从日本文学中汲取了养分。志贺直哉(1883—1971)是白桦派的代表作家之一,也是"日本私小说的集大成者"。他凭借着敏锐的观察力和简练的表达,以自身的经历为描写对象,创作了具有强烈自我意识的小说。而郁达夫(1896—1945)是中国现代文学史上

---

* 该文发表于《湖北大学学报》2017年第1期,系由本人对所指导的周佳的硕士论文再加工而成。
[1] 郭沫若在《桌子的跳舞》(1982年)一文中指出:"中国文坛大半是日本留学生建筑成的。创造社的主要作家都是日本留学生,语丝派的也是一样。此外有些从欧美回来的彗星和国内奋起的新人,他们的势力和他们的建树,总还没有前两派的势力浩大,而且多是受了前两派的影响。就因为这样的缘故,中国的新文艺是深受了日本的洗礼的。"

的浪漫主义小说代表作家。他在日本度过了十多年的留学生涯,受当时日本文学的影响,因而其作品也明显带有"私小说"的特点。但他在学习日本私小说写作手法的同时,也加入了创新因素,开创了中国现代文学史上小说的新形态。

乍看上去,志贺直哉和郁达夫的作品风格有着极大的不同:一个语言表达简洁有力,另一个则是充满感情的抒情描写。然而我们无法忽视的是,两位作家的小说都和"私小说"有着密不可分的联系。所以本文将从比较文学研究中平行比较的视角出发,以"私小说"为切入点,对两位作家的作品进行对比分析。

一、志贺直哉和郁达夫小说的共同点

志贺直哉和郁达夫的小说都有着私小说的特征,它们在文体和内容两方面都存在着一些共同点。

1. 文体上的共同点

众所周知,日本的私小说起源于自然主义文学。平野谦(2001)在《私小说的二律背反》(载于《艺术与实际生活》，讲谈社1958年版）中将私小说分为两类，分别为破灭型私小说和调和型私小说。他把以自然主义为源头，并拥有自我暴露的性质，为了艺术创作不惜破坏自己私生活的小说归纳为"破灭型私小说"，也就是狭义上的私小说。将以白桦派的创作理念为基础的、描写日常生活、着重挖掘自我内心并寻求心境平和的私小说，称为"调和型私小说"。之前，久米正雄（1925）在《私小说和心境小说》一文中曾将忠实描写作者内心以及其心境的私小说，同将周边事物和自身素材进行艺术化创作的自然主义私小说进行了区分，并将前者称为"心境小说"。

菊池宽曾指出："志贺的观照是完全写实的，他的写作手法从根本上说也是写实主义。"[1]他的名作《在城崎》从来都被认定是大正时期私小说的经典之作。志贺直哉自己也在《创作余谈》中谈道："这是一篇完全和事实吻合的小说。"然而这种写实主义并非是单纯的写实。因为在志贺直哉的小说中，我们处处可以见到作者的理性与情感的纠葛、自我表现的强烈欲望以及简洁生动的描写。这种在小说中向读者抒发自身喜怒哀乐，寻求心境平和的理念正是区别于自然主义文学的显著特征。因而志贺直哉的私小说是调和型私小说，或被称为心境小说。

---

1 「志賀の観照は飽くまでもリアリスチックであり、その手法も根柢においてリアリズムである。」菊池寛（1987）「志賀直哉氏の作品」『半自叙伝』. 講談社。

郁达夫的小说被称为自叙传小说，或是"身边小说"。这种小说深受日本私小说的影响，具有很强的自传性。不论是主人公"我"，还是于质夫，小说的内容基本上都与作者自身的经历以及心境吻合。并且郁达夫在小说中暴露自己灵与肉的矛盾以及变态心理，并将这种方法作为艺术创作的一种手段，向传统的封建礼教发起挑战。对于自然主义文学，他在《五六年的创作生活回顾》中写道："文学作品都是作家的自叙传。……若真的纯客观的态度，纯客观的描写是可能的话，那艺术家的才气可以不要，艺术家存在的理由，也就消失了。"[1]也就是说，他不赞同自然主义文学的写作手法，甚至还是反对的。

综上所述，我们可以发现自传性是志贺直哉和郁达夫的小说共同拥有的特点。他们并不局限于死板的纯客观描写，也注重于作者内心的告白和人物内心的刻画。所以，他们的小说又都是有着个性的特点，是明显区分于自然主义的外在描述的。

2. 内容上的共同点

除了在文体上存在的共同点之外，志贺直哉和郁达夫小说在内容上也有着不少相似之处。下面分主题和题材两方面来阐述。

---

[1] 郁达夫：《五六年来创作生活的回顾》，见《郁达夫文集》（第七卷），花城出版社1982年版，第180页。

Ａ．首先看小说的主题。大东和重（2006）通过分析形式上的相似和文学观的共同点将志贺直哉和郁达夫联系在一起，认为他们都推崇"自我至上"的理念，并经常将其作为自己作品的主题来进行表现。"自我至上"的主题是志贺直哉的初期小说中最受瞩目的特征。陈秀敏（2012：127）认为，《范某的犯罪》（1913年）这篇小说在志贺直哉的创作史和精神发展史上占据了重要的地位，并达到了"自我至上"理念的巅峰。小说讲述了一名年轻的中国杂技师范某，因在表演中用一把菜刀大小的刀切断了自己妻子的颈动脉而被捕。但是，法官不能轻易判断这件事到底是范某表演中的过失还是故意杀人。所以他分别召唤了杂技团团长、助手和范某进行审问。在审问的过程中，范某逐渐吐露了内心的真实想法，完成了对法官的告白。

"你想过要杀死妻子吗？"

范某没有回答。法官又问了一遍。虽然这样，范某也没有马上回答。接着——

"这件事发生之前曾经常想，妻子要是死了的话就好了。"范某回答道。

"这样的话，是不是若是法律允许，你可能早就会杀掉了你的妻子？"

"我从没有想过畏惧法律这件事。是因为自己太

软弱了。因为太过软弱,所以强烈地想要过上'本统'的生活。"(《范某的犯罪》,第159页)

上文是范某的自我叙述。范某因为妻子的不贞而感到苦闷,他虽然极力想要从这样的生活中挣脱,但却总是无能为力。范某将自己没能从当前生活中逃脱的原因归咎于自身的软弱。并且"因为太过软弱,所以强烈地想要过上'本统'的生活"。范某的"本统"的生活是指摆脱当前的婚姻,随心所欲地生活,也就是顺从本心生活。因此,范某实际上是想做自己能掌控的事,本着"本统"的态度生活。这些描述都在某种程度上暴露了范某自我至上的心理。并且也表现了志贺直哉想要保持本心,追求自我至上生活的理念。

在《范某的犯罪》中,范某理所应当地是志贺直哉的化身。除此之外,法官可以说也是志贺直哉的化身。小说的最后,范某向法官又一次表明了自己对妻子之死毫无感伤之情。法官听到范某的告白,"感到身体里不知为何涌上了一股兴奋感","当场写下了'无罪'"。根据陈秀敏的分析,这个"无罪"的判决实际上是对范某行为的支持,是对志贺直哉的自我至上观点的一种自我肯定。所以,这个情节也表达了"自我表现",抑或是"个性至上"的主题。

与之相对,郁达夫也认为文学创作应当和自我表现相结合。他的一系列自叙传小说,如《银灰色的死》(1921年)、

《茫茫夜》（1922年）等，多多少少都带有"个性至上"的色彩。特别是在文坛成名作《沉沦》（1921年）中，他就痛快至极地将自己的想法完全表露了出来。他以亲身经历为蓝本，描写了"我"在日本期间的生活。郁达夫将"他"的"沉沦"用极为缠绵的抒情描写进行了直接的刻画，还表达了对人性和时代的悲哀，以及期望从感情的束缚中挣脱出来、让自己的内心得到释放和升华的强烈欲望。这都是郁达夫对"个性"及"自我"的肯定。对此郁达夫自己也说道："写《沉沦》的时候，在感情上是一点儿也没有勉强的影子映着的；我只觉得不得不写，又觉得只能照那样的写。"[1]

根据以上的分析，我们可以知道，"自我至上"的主题是他们创作的源泉，也是连接他们的桥梁。不论是《范某的犯罪》中的"范某"也好，还是《沉沦》中的"他"也好，实际上都是作者自己的化身。因而他们都顺从本心，通过小说主人公将自己的想法明明白白地表现了出来。

B. 志贺直哉和郁达夫除了"自我至上"的主题之外，在创作题材方面也有着不少共同点。表现在三个方面：一个是对主人公的"病态神经"的描写，一个是家庭的不和的困扰，再一个是人道主义情怀的抒发。

（1）志贺直哉和郁达夫虽并非相同国家的作者，但他

---

[1] 郁达夫:《忏余独白》，见《郁达夫文集》（第七卷），花城出版社1982年版，第250页。

们都不约而同地赋予了笔下人物"病态神经"的特质。如广津和郎（1919）就指出："志贺氏在当今的作家中，最具有近代文明中产生的尖锐复杂的病态神经。并且他对世纪末的颓废精神，比起以颓废精神为口号的人们来说更加了解。"[1]与之相对，郁达夫本人提倡小说是作家的自叙传。他将自己的"病态神经"作为素材，完整地表现在作品中。也正是如此，他的小说才引起了当时大多数作家的批判。

本文提到的"病态神经"主要指性欲、犯罪欲望、忧郁症等。其中，两位作家都有与"性欲"相关的小说。比如说志贺直哉的《浑浊的大脑》（1911年）、《大津顺吉》（1912年）、《暗夜行路》（1937年）等，以及郁达夫的《沉沦》《银灰色的死》等。在《浑浊的大脑》中，主人公津田违背了基督教中"勿奸淫"的教律，感到了强烈的罪恶感，大脑渐渐变得浑浊起来；并在和阿夏的矛盾激化后，陷入错乱状态中的津田在幻觉中用锥子"刺穿了阿夏的喉咙"。本多指出，《浑浊的大脑》的"前半部分描写了主人公因性欲的烦恼——由于基督教的教条和性欲的压迫的'双面夹击'产生的痛苦烦恼——而表现出来的冲动挣扎"，"后半部分则描写了放纵性

---

1 「氏は又、近代文明が生んだあの鋭い複雑な病的神経をも、今の作家の中では、最も多量に持つてゐる。世紀末のデカダンの心持をも、氏はデカダンを合言葉にした頃の人々よりも、よりよく知つてゐるやうに見える」広津和郎（1919）《志賀直哉論》.《新潮》（4）.p.11-14. ここでは、大東和重（2006）の「郁達夫における志賀直哉の受容—自伝的文学とシンセリティ」から再引用した。

欲的情况下产生的危险"[1]。根据以上的分析，我们了解到津田在性欲的折磨下依然已经成为一个"疯子"。

郁达夫在《沉沦》中也表现了性欲的问题。主人公"他本是一个非常爱高尚洁净的人，然而一到了这邪念发生的时候，他的智力也无用了，他的良心也麻痹了，他从小服膺的'身体发肤不敢损伤'的圣训，也不能顾全了"。[2] "他"虽然想要制止这种"邪念"，但最后总是会屈服于自己的欲望。在肉欲和罪恶感的双重压迫下，"他"的精神状态渐渐恶化。若将两篇小说进行比较，我们可以发现津田和"他"都想要抑制住自己的性欲，但最终都失败了。并且两人都陷入了一面沉迷于女色，而一面又不断自责的窘境。津田最后被送入了疯人院，"他"的身体则是日益衰弱。

（2）再看家庭不和的题材。明治维新以来，日本受欧美自由民主风潮的影响，个人主义和家长制之间的矛盾日益加深，父子间的关系也面临着新的局面。父子之间矛盾加剧，其原因几乎都是由第一代和第二代之间思维方式的差异引起的。

志贺直哉虽然是家中的次子，但是由于兄长直行早夭，幼年时便作为继承人，被祖父母接到身边抚养。他深受祖父直道的

---

[1] 「前半は主人公の性欲の悩み―キリスト教の教えと性欲の圧迫との板挟みになって「うつつ攻め」の苦しみを味わう悩みと、そこからの衝動的な脱出を描き」、「後半は性欲を野放しにした場合の危険を描いた」本多秋五（1983）「晩拾志賀直哉―性欲と戒律」.『群像』（5）. p.186–200。
[2] 郁达夫：《沉沦》，见《郁达夫全集》（第一卷），浙江文艺出版社1992年版，第32页。

人格的影响，却与父亲的关系不佳。志贺直哉的作品中，有着《大津顺吉》《某男，其姐之死》《和解》（1917年）三部曲。这三部作品都是以志贺直哉和父亲不和的亲身经历为蓝本进行创作的。其中，大正元年完成的《大津顺吉》可以说是其后一系列描写父子不和小说的预告之作。主人公大津顺吉一直深受基督教禁止奸淫的教义以及青年人的"肉体的欲望"的折磨。他爱上了家中"皮肤略黑的十七八岁的女仆千代"，他和千代偷食禁果，并决意和她结婚。当然，这决定招致了父亲以及祖母的强烈反对，他们立即将千代遣送回了老家，因而大津对父亲的不满达到了顶点，并萌生了离家出走的念头。类似的情节其实在《和解》《暗夜行路》中也有涉及。这个情节包含了志贺直哉追求自我个性，并向父权发起挑战的意味。所以，父子间的问题可以说是研究志贺直哉及其小说无法回避的问题。

郁达夫在初涉文坛之时，也同志贺直哉一样有过被家人误解的经历。比如他在大学里几次三番转系的行为就很让他的兄长不满。除此之外，郁达夫和母亲之间也有着深深的隔阂。郁达夫在毕业后生计困难，赚的工资难以养家糊口，如在《茑萝行》（1923年）中所描写的，"我"从日本学成归国后身无分文，只能像逃命一般地回到家中。见了母亲的面也不敢打招呼，只是把两只皮箱丢到矮凳上，匆匆忙忙地藏到了楼上妻子的房间里。当然，这样的行为招致了母亲的责骂："你便是封了王回来，也没有这样的行为的呀！……这两夫妻暗地里通通信,商量商量……你们好来谋杀我的。"[1]异乡漂泊的郁达夫其实只是想要得到母亲的安慰,但无奈母亲只关心钱财。所以我们不难想象郁达夫和母亲之间的矛盾。

(3)在人道主义情怀方面,志贺直哉肯定人性,提倡理想主义和人道主义精神。菊池指出:"一般的写实主义者对人生、对人类的态度都太过于冷静、太过于残酷。与他们的冷漠相反,(志贺直哉的作品中)有着人道主义的温情。"

《学徒之神》(1920年)中贵族院议员A在偶然的机会下请秤店的小学徒仙吉吃了一顿寿司。但是仙吉并不知道A遇见过他没钱买寿司的事情,所以他一直认为A是神仙。而A在帮助了仙吉之后虽然感到了喜悦,但也奇怪地感受到了"寂寞、厌烦的心情",更有着一种"像是做了不为人知的坏事一样的心情"。其实包括志贺直哉自身在内的很多有钱人、有名人都有着和A一样的心理,对于他们来说,帮助他人只是举手之劳,但因害怕他人的不理解,才常常有做了不为人知的坏事一样的心情。而A在做了好事后感到寂寞的原因则是因为在现实生活中,真正和A一样出手帮助他人的情况实在是太少了。所以,志贺直哉在表达对身边的人的同情,赞赏A的行为之余,也有着对当时日本社会的冷漠状态的批判。他在《到网走去》(1910年)、《灰色的月》(1946年)、《正义派》(1912

---

[1] 郁达夫:《茑萝行》,见《郁达夫文集》(第一卷),花城出版社1982年版,第221页。

年)等作品中也表现了这一主题。对下层人物的关心和正义感正是志贺直哉的"人类的道德感"[1]。

肯定人性、同情弱者的情节在郁达夫的小说中也有体现。《春风沉醉的晚上》(1923年)、《薄奠》(1924年)、《微雪的早晨》(1927年)这三篇小说就对普通人的不幸遭遇表达了关心。其中,《薄奠》是最具人道主义色彩的作品。[2]"我"在乘坐人力车时,看到车夫弯曲的背脊时总是感到很难过,因而,"我"常常和他交谈,并想多付车钱给他,但都被拒绝了。之后某天,这位贫穷而正直的车夫不知为何溺死在河中。"我"虽然想要实现车夫的愿望——拥有自己的人力车,但苦于囊中羞涩,只能买了一辆纸车作为祭奠。小说全篇洋溢着"我"对车夫的同情之心。虽然"我"不能带着车夫脱离苦海,但也是尽力帮助了他。

中国作家孙犁曾说:"凡是伟大的作家,都是伟大的人道主义者,毫无例外的。他们是富于人情的、富于理想的。……把人道主义从文学中拉出去,那文学就没有什么东西了。"[3]志贺直哉和郁达夫能长久地被别的作家和读者所喜爱的原因,就是因为作品中蕴含的道德感和人道主义温情。因而两位作家通过小说来表现人道主义绝非偶然,而是必然的事情。

1「人間性の道徳」菊池寛(1987)「志賀直哉氏の作品」『半自叙伝』.講談社.
2 郁达夫自己认为是带有"社会主义色彩",但倪祥妍认为,相对于"社会主义色彩",改为"人道主义色彩"更为恰当。
3 孙犁:《孙犁全集》(第5卷),人民文学出版社2004年版,第242页。

二、志贺直哉和郁达夫小说的不同点

郁达夫虽是在日本大正文学的熏陶下开始文学创作的，但他的自叙传小说和志贺直哉的心境小说又有着本质的不同。本文也将从文体和内容两个方面来比较两者的不同点。

1. 文体上的不同点

文体特征是一种总体的、外在的特征。如前文所述，不论是志贺直哉还是郁达夫的小说都有着"私小说"的显著特征。他们都将自己的经历作为创作的对象，凭借艺术化的手法彰显着自己的个性。但虽然如此，他们的小说文体中仍存在明显的不同之处。

首先，相对于志贺直哉的调和型私小说，破灭型的私小说对郁达夫创作的影响更大。郁达夫被称为"中国的佐藤春夫"。他的自叙传小说虽然是模仿私小说进行创作的，但相对于志贺直哉的"心境小说"，其作品风格更接近于佐藤。比如他的《沉沦》就和佐藤的《田园的忧郁》（1918年）一样，充满了忧郁、孤独、伤感等颓废的情绪。与之相对，志贺直哉的心境小说虽然也有着病态心理的描写，但最终都还是达到了

"平和"的心境。如《在城崎》（1917年）中，"我"目睹了蜜蜂、老鼠和蝾螈的死亡后，意识到生和死并非两种极端，自己的精神由此得以升华。

其次，郁达夫的自叙传小说不仅有着自叙传的特点，还富有抒情性。抒情性是指作家将自身对客体的感情作为主要描写对象，表现内心的心理变化和感受。郁达夫在创作时主要着墨于主人公的情感和内心变化，以抒情的语言完成写作。他的抒情性来源有两个方面。一是以屠格涅夫、卢梭、歌德等作家为代表的感伤主义和浪漫主义。二是日本自然主义私小说中的浪漫主义因素。[1]在《沉沦》中，就经常有着"人生百岁，年少的时候，只有七八年的光景，这最纯最美的七八年，我就不得不在这无情的岛国里虚度过去"[2]之类的抒情。所以，郁达夫的小说往往有着浓烈的情感色彩，有着近乎抒情诗的特质。而志贺直哉的小说则是用冷静并简明的描述表现主人公的心理状况，用朴素平实的语言来打动读者的内心。

因而根据上文的分析，我们了解到志贺直哉和郁达夫的小说虽然都带有自传性的特点，但在具体的表现形式上有着区别。首先是心境小说以及破灭型私小说在表现形式上的不同，

---

[1] 日本的浪漫主义文学活动在尚未完全发展之时，便早早地夭折了。因而，田山花袋、岛崎藤村等浪漫主义阵营的作家转投向了自然主义文学的怀抱。他们从浪漫主义的角度解释自然主义，并赋予了自然主义文学浓厚的浪漫主义气息。
[2] 郁达夫：《沉沦》，见《郁达夫文集》（第一卷），花城出版社1982年版，第24页。

其次是由叙事性和抒情性所体现出来的差异。

2. 内容上的不同点

前文中我们发现，志贺直哉和郁达夫都选择了主人公的"病态神经"、家庭的不和、人道主义三个题材作为创作对象。那么他们选择这些题材的目的是否是完全一致的呢？下面将对两位作家的小说进行对比分析。

A. "我"的不同

志贺直哉和郁达夫的小说中，自我意识是作品的中心，也是创作的根本。王向远指出，自我意识的表达是同自我和时代，以及自我和社会的关系紧密联系在一起的。所以，为了更加深入研究志贺直哉和郁达夫的小说，必须要厘清他们小说中的"我"和社会之间的关系。

日本的私小说素来被认为是日本文学中独特的领域。私小说作家在创作时往往只注重挖掘自己的内心，或是描写周边的景物，所以不论是破灭型私小说作家还是调和型私小说作家，实际上在作品中都不关心应有的社会意识。志贺直哉出身于富裕的资产阶级家庭，对当时的日本社会是基本认同的，因而在作品中所表现的苦闷大多也是对家庭、恋爱和婚姻等的不满。如他在《创作余谈》中也谈到创作《和解》（1917年）这篇小说的"动因"来源于自己同父亲关系得到和解的喜悦，而并不是因为某种"主题"而写的。所以，志贺直哉的"我"是没有被"社会化"的。

而在这方面，郁达夫的小说与志贺直哉的小说形成了鲜明的对比。将郁达夫推向文学创作道路的原因中，有以下两个不可忽视的因素。一是在异国受到轻视后所形成的爱国之心的激发，二是受到五四运动精神的感召。他在《沉沦》《茑萝行》等小说中自觉地将"我"和社会，或是作为"社会阶级"的一员，同当时的时代和社会紧密地联系在了一起。如在《沉沦》结尾的三句呐喊[1]，暗示了主人公的自杀是因为国力的孱弱，表现了郁达夫强烈的社会意识。若根据私小说的标准来看，《沉沦》可以说是一篇失败的私小说。但郁达夫写小说的目的不仅仅是为了咀嚼内心的痛苦，他大胆地将自己的遭遇和不幸暴露给读者，让读者知晓其原因，唤起读者的共鸣。

只关注自己的生活、不关注社会是日本私小说的特点。而郁达夫的小说中蕴含着忧国忧民的意识，体现了其深刻的社会责任感。也正因为如此，"我"和社会之间的关系将两位作家的作品区别开来。虽不能由此判定两者作品的优劣，但是他们都是在小说中体现了最真实的自我。

B. 告白的不同

伊藤整指出，日本近代小说的根源在于作家本人的告白。

---

[1] "祖国呀祖国！我的死都是你害我的！""你快富起来吧！强起来吧！""你还有许多儿女在那里受苦呢！"郁达夫:《沉沦》，见《郁达夫文集》(第一卷)，花城出版社1982年版，第53页。

这里的"告白"是指在小说中坦露自我意识、行为和心理的变化过程。志贺直哉和郁达夫的小说明显有着这样的特点。根据上面"我"和社会之间关系的差异，两位作家小说中的"告白"也就具有了不同的色彩。

日本私小说中的自我暴露和基督教的"忏悔"的性质相似。王志远认为志贺直哉的告白也是自我忏悔的一种，而陈秀敏认为志贺直哉实际上是反对自我忏悔的，志贺直哉推崇自我个性至上，虽然在理性和感性之间有过挣扎，但他最终总是顺从自己的心意，理性被感性所压制。《暗夜行路》的主人公时任谦作完全可以说就是志贺直哉本人的代言者。小说中有这样一幕："蝮蛇"阿政将自己一辈子的劣迹编成戏，在祇园的八坂神社下的一家戏园子里演出。谦作在深夜路过时，看到剧场门口挂着一张广告。上面写着："为了忏悔，演出自己的身世。"对此，谦作旗帜鲜明地对阿政的忏悔行为提出了反对，认为她是欺世盗名之辈。[1]

志贺直哉认为在别人面前暴露自己罪行的行为是毫无意义的，因为不论怎样在别人面前坦白自己的罪行，其罪恶都不会消失。并且忏悔的行为对于自己、对于他人来说都是没有好处的，反而可能会对他人造成伤害。所以说，志贺直哉是不赞成在大庭广众中忏悔这一行为的，他认为只有从内心反省自己，才能消除

---

1 参看刘立善：《志贺直哉的文学观与忏悔意识》，载《日本研究》2006年第2期，第77—78页。

恶念并达到平和的心境。如谦作在小说最后，在融入大自然的过程中，让自己的精神境界得到了升华，恢复了澄澈的心境，这种心境正是志贺直哉追求的最高心灵层次。所以，志贺直哉的告白是为了要让自己的心境重归平和，而不是进行忏悔。

相对于自我忏悔，郁达夫的告白更像是自我和社会关系破裂的宣言。换言之，他的告白不是对自我的生活的绝望，而是对时代和社会的不满。

> 哎哎，这悲剧的出生，不知究竟是结婚的罪恶呢？还是社会的罪恶？若是为结婚错了的原因而起的，那这问题倒还容易解决，若因社会的组织不良，致使我不能得到适当的职业，你不能过安乐的日子，因而生出这种家庭的悲剧的，那我们的社会就不得不根本地改革了。（《茑萝行》）[1]

上文中，主人公将生活的失败完全归咎于社会的不作为，他没有从自己身上寻找原因，反而将责任推给了外部的因素。对于郁达夫来说，个性和自我是考虑一切问题的出发点，是评判所有事物的标准。他虽然也知晓自己的缺点和不足，但还是将其产生的原因推到了社会制度的落后上面。当然，郁达夫在小说中也有对自己的不道德行为进行斥责的情节。比如他在面

---

[1] 郁达夫：《郁达夫全集》（第一卷），浙江文艺出版社1992年版，第224页。

对自己的强烈性欲和偷窥行为时,就咬牙切齿地骂自己为"畜生!狗贼!卑怯的人!"此外,书中人物于质夫也曾骂过自己是"用金钱蹂躏人的禽兽"。但是他在自责的同时,也在为自己进行辩解。特别是他在《茑萝集〈自序〉》中写道:"人家都骂我是颓废派,是享乐主义者,然而他们哪里知道我何以要去追求酒色的原因?唉唉,清夜酒醒,看看我胸前睡着的被金钱买来的肉体,我的哀愁,我的悲叹,比自称道德家的人,还要沉痛数倍。不得不如此自遭耳。"[1]所以,郁达夫的告白实质是一种自我辩解,是让别人了解自己,并原谅自己的错误以及不道德的行为。

C. 人道主义的不同

20世纪初,随着失业、贫富差距拉大等社会矛盾的加剧,中日两国也都进入了社会的不安定时期。面对这样的情况,志贺直哉和郁达夫都纷纷在小说中对人们的不幸表达了同情。但是他们作品中的人道主义精神却有着根本的不同。

志贺直哉的人道主义温情是出于人间正义的爱。《到网走去》描写了他的一次旅行经历。"我"受在宇都宫的友人之邀,在某个八月炎日的傍晚,登上了从上野到青森的列车。在客车上,"我"遇到了一位到北海道的"网走"去的"二十六七岁脸色白净头发稀薄的女人"。她背着一个婴儿,

---

[1] 郁达夫:《郁达夫全集》(第十一卷),浙江文艺出版社1992年版,第153—154页。

还挽着一个七岁模样的男孩。"我"和邻座的女人虽只是萍水相逢，但见到她的不幸遭遇后便生出了同情之意。"这个母亲会被她的丈夫逼死的，即使从丈夫手里留下一条命，也有一天一定会被这孩子折磨死。"这正是一个人对另一个人表现出来的善意。所以准确来说，志贺直哉的人道主义是存在于人和人之间的最纯粹的一种情感关怀。

郁达夫也有着关注下层劳苦人民、尊重他人的作品。但是，他的人道主义往往伴随着对现实社会的失望。比如在《春风沉醉的晚上》一文中，郁达夫描写了一名叫"陈二妹"的女工形象。她在香烟厂工作，是"我"在上海的贫民窟的邻居。陈二妹虽然每天要做十个小时以上的工作，还经常要加班，但是却只能拿到微薄的工资。"我"虽然同情她的遭罪，但却不能帮上任何忙。小说的本意原是为了赞扬陈二妹的善良和真诚，但在"我"对她表达出来的关心中，也不难看出郁达夫的人道主义精神。他痛恨自己的无力，社会的无能，一针见血地指出了造成陈二妹不幸生活的罪魁祸首。所以，郁达夫的人道主义是和社会紧密联系在一起的。他在表达对不幸遭遇的同情之时，也在发掘着不幸背后深刻的社会原因。

根据以上的分析，我们可以发现志贺直哉的人道主义是单纯的人与人之间的关怀；郁达夫的人道主义则是和社会紧密联系在一起的，他试图通过小说来反映出社会的不公正的状态。

三、小说异同点的成因分析

通过前文的考察,我们探明了志贺直哉和郁达夫小说的共同点和不同点。但若想要更加深入地理解、比较两位作家的小说,就不能省去成因分析这一环节。

1. 共同点的成因分析

众所周知,作家的灵感大多来自于自身的经验。志贺直哉和郁达夫不仅如此,他们还主张将自己的经历如实地写入小说中。因而,他们平时所接受的文化会对他们的小说创作造成重大影响。

志贺直哉所生活的时代,正处于日本不断变革的时期。明治维新不仅颠覆了封建政权的统治,还完全打开了通往世界的大门。随着西方近代思想的传入,日本的国民逐渐认识到个性的解放以及独立的重要性,逐渐对天皇制和国家主义的信仰产生了怀疑。特别是在1910年的大逆事件[1]之后,人们更是陷入了对现实和既有认知的矛盾之中,对政府的信赖也逐渐崩塌。如

---

[1] 1910年5月,日本一工人携带炸弹进厂被查出,警察以此为由镇压日本社会主义运动,封闭一切工会,对社会主义者展开大搜捕,取缔所有进步刊物,以"大逆"罪判处幸德秋水等26名社会主义者死刑,史称"大逆事件"。

石川啄木就被此事触动，思想上急速向幸德秋水和克鲁泡特金等人靠拢。文人们为了在这迷茫的社会中寻求出路，他们学习并吸收了大量的西方文化。特别是当时流行的托尔斯泰、梅特林克、歌德和尼采等人的具有自我觉醒意识的作品，更是成为众人竞相学习的对象。并且理所当然地，他们被西方哲学、文学观所影响，产生了自由民主和个性至上的意识，在对人生、自我和社会的全新态度中，完成了思想的转换。并且，这种思想变化成为文学变革的内在根源。

白桦派正是在这样的社会文化的熏陶下应运而生。而志贺直哉作为白桦派的代表作家，当然也从西方思潮和文学作品中充分吸取了养分。他出生于资产阶级家庭，幼年时期便开始接受精英教育，加之家庭的影响，接触到了大量的西方文化。他在17岁时师从内村鉴三开始学习基督教义和圣经。最后虽然没能成为一个虔诚的基督教徒，但他在这个时期已经形成了坚持正义、尊重人性、追求公平的世界观。同时，志贺直哉还非常喜爱阅读托尔斯泰、梅特林克、易卜生、莎士比亚等外国作家的作品，这不仅提高了他的文学素养，也增强了他的自我反省意识。因此，志贺直哉的"自我意识"和人道主义精神的形成同当时的社会状况以及西方思想的影响是息息相关的。

另一方面，郁达夫的文学创作则萌芽于他在东京的留学时期。他在1913年到达日本，并进入到东京第一高等学院学习。之后，以杂志《新潮》为窗口，首次接触到了西方文学，感受到了近代文学的魅力。随后，他升入名古屋第八高等学校，并在二年级时转入文科，阅读了大量的近代日本文学作品和西方文学书籍。据统计，他在八高共阅读了1000余册书籍，平均每年250册[1]。1919年，郁达夫考入东京帝国大学经济系，但并没有停止自己的文学活动。在这个时期，郁达夫出版了其短篇小说集《沉沦》。因而，我们可以发现郁达夫和志贺直哉一样都受到了西方文学作品的熏陶，养成了自由、个性至上的性格。这也正是两人的小说中都富有"自我至上"精神的原因之一。

此外在文体方面，郁达夫坚持"文学作品都是作家的自叙传"，其原因在于郁达夫在日留学期间刚好是日本的私小说盛行之时，郁达夫受其影响，因而模仿私小说的写作形式，创作了自传性极强的自叙传小说。但是更重要的原因还在于郁达夫自身的因素。郁达夫一生坎坷，不论在中国还是在日本都被社会、经济和封建礼教所压迫，内心极度苦闷。因而他非常认同具有直接暴露自我性质的私小说的创作形式，并将其作为抒发内心苦闷的方法。除此之外，从佐藤春夫、葛西善藏、志贺直哉等私小说作家身上学到的创作手法，也帮助他完成了自叙传小说的写作。

---

[1] 郁达夫在《五六年创作生活的回顾》（《郁达夫文集》（第七卷），花城出版社1982年版，第176—181页）中写道："在高等学校住了四年，共计所读的俄、德、英、日、法的小说，总有一千部内外，后来进了东京的帝大，这读小说之癖，也终于改不过来，就是现在，于吃饭做事之外，坐下来读的，也以小说为最多。"

1936年2月18日，阔别日本十五年的郁达夫拜访了当时住在奈良的志贺直哉。虽然是第一次见面，但是两人都觉得相见恨晚，不仅在书房畅谈了两个小时，还一起游览了雨后的东大寺以及周围的风景。郁达夫将他的激动之情如实地表现在了同王映霞的通信中：

> 在灰暗的夜阴里踏上汽车，和他点头作别的一瞬间，我于感激之余，几乎想再跳下车来，仍复送他回去。若在十几年前的年青时代，当这样的时候，我想又免不得要滴感伤的清泪了。志贺氏的待人的真诚，实在令人感动。我真想不到在离开日本的前一天，还会遇得到这一个具备着全人格的大艺术家。（《致王映霞》）[1]

从上文的内容中我们可以明显感受到郁达夫对志贺直哉的敬佩之情。换言之，郁达夫完全是因为仰慕志贺直哉的作品和人格才去拜访志贺直哉的。此外，中日全面开战后，郁达夫强烈谴责了佐藤春夫为迎合时局而进行创作的行为，但将志贺直哉视为"不违背良心的人"，并表达了自己的敬意。随后在1939年的《日本的侵略战争与作家》一文中，再次提到了志贺直哉是一位面对战争保持沉默和自己本心的作家。所以，对志贺直哉的敬仰之情也让郁达夫在日本留学期间深受日本大正文

---
[1] 郁达夫：《郁达夫全集》（第十一卷），浙江文艺出版社1992年版，第255页。

学的影响。

我们可以发现志贺直哉和郁达夫小说中存在的共同点的成因是多方面的。西方文化中的个性至上的观点以及对私小说的认同都是其原因之一。而郁达夫对志贺直哉的敬慕之情更是让两人形成了相近的文学观和价值观。所以，虽然两位作家的语言风格大相径庭，但并不妨碍两者作品中所存在的共同点。

2. 不同点的成因分析

小说的创作和作家平时所受到的教育和社会文化密不可分。每个时代优秀的作者往往都是其所在时代中先进文化的支持者和领导者，他们将自己的主张融入作品中，形成了各自独有的风格。因而，我们通过作品分析可以在作品中发现他们所处时代的代表性文化。本文所研究的志贺直哉和郁达夫小说也遵循着这样的规律，前文所探讨的共同点的成因也正是如此。然而，他们虽然同样受到了西方文化的影响，但是成长经历和资质的不同又赋予了他们的作品不同的特点。

A. 成长经历的影响

作家的思想倾向和文学观的形成是一个复杂的过程，而作家基于自身的社会身份所进行的文化和价值观的选择正是其原因之一。白桦派的志贺直哉出生于上层资产阶级家庭，衣食无忧，被当作家族唯一的继承人养大。其祖父直道是旧相马中村藩主相马家的家令；父亲直温是总武铁道和帝国生命保险的董事长，是明治时期经济界的重要人物。这样的出身对志贺直哉个人的秉性以及世界观、价值观的形成造成了重大的影响。正因如此，他有别于其他流派的作家，对当时的社会基本认同，并在乐观的精神下产生了积极的自我意识。这就是为何志贺直哉的小说不以社会问题，而以家庭矛盾、如父子不和问题作为创作素材的原因之一。此外，志贺直哉还受到大正时代个人主义、民主主义思想的影响，相对于物质生活，他追求的是更高层次的主观精神世界。

与之相对，郁达夫出生于中国的没落士大夫家庭，年幼丧父，由母亲和祖母养大。生活虽然说不上贫困，但绝非能同志贺直哉的富裕的生活相比。他在1913年随兄长赴日本留学。为了实业救国，他最初选择进入了医学部。但因为囊中羞涩，又改入学费较低的经济学部。后又因为实在割舍不下文学，再一次想要转入文科，因而不为兄长所理解。通过此事，我们可以明确了解到郁达夫和志贺直哉的生活水平差异。另一方面，由于生活和语言环境的变化，以及作为弱国子民而被日本人轻视并因此产生的自卑感，也让本身就非常敏感的郁达夫变得更为忧郁。贫穷的生活和自卑感都将郁达夫的忧郁气质凝聚于这一切的根源即国家的贫弱之上。虽然郁达夫也热衷于西方文学和自由民主思想，但因国情和生活水平的差异，郁达夫显然是不能成为像志贺直哉那样的白桦派作家的。虽然他也以"我"

为第一人称直白地描写自己的经历和内心,但是却不能得到心境的澄澈,摆脱现世的苦恼。身处激荡年代的郁达夫,不得不将目光投向中国的社会变革和未来。所以,就如上面所述,他的告白与其说是自我忏悔,不如说是通过告白来表达自己的对国家落后的失望,对社会动乱的批判。他的"我"不是单纯的"我",可以说是"社会化"的"我"。他的人道主义精神也并非单纯的对他人的关怀,也是具有一定社会主义色彩的。

B. 传统社会文化的影响

志贺直哉的心境小说关注个体的主体性,追求自我调节下的心境平和。郁达夫则将自己的苦闷归咎于社会,渴求国家的富强。通过对两人的比较,我们了解到家庭出身的不同造成了两位作家对社会的不同认识,并促使他们形成了不同的创作风格。但是若刨除出身和国情因素,传统社会文化因素也是小说中不同点形成的不可忽视的因素。

日本许多优秀的私小说作家在创作时,往往不关心人民的痛苦和社会问题,只埋头于表现自我和暴露自我内心,换言之,他们并不认为自己对社会负有任何责任。小说中的主人公"我",也只是作家本人个性的复制品而已。对此,小林秀雄在《私小说论》中明确提出,西方的"我"是社会化了的,而日本的"我"不仅没有社会化,而且"私小说是死的"[1]。因

---

[1]〔日〕小林秀雄:《日本现代文学全集(小林秀雄集)》,讲谈社1962年版,第283页。

而，志贺直哉的心境小说也是只关注自我，没有社会化的意义。并且他的心境小说以性恶说[1]为基础认识人性，例如在他的《在城崎》中，"我"失手杀死了一只蝾螈。面对蝾螈之死，"对自己产生了莫名其妙的厌恶之情"。并且对于"偶然没有死"的自己，"实际上并没有涌现出喜悦的心情"。所以，志贺直哉时时戒备着自己内心的"恶意"，并且为了驱除内心的"恶意"，反复地审视自己的内心。

与之相反，郁达夫的自叙传小说是社会化了的。虽然这里的社会化和西方的社会化有所不同，但都具有一样的社会意识。[2]中国的传统文化一向重视"入世"，强调"文以载道"的功利性作用。并且能被称为是一流文学的作品也大多都是与政治理念相结合的。不同于志贺直哉，郁达夫从小受到儒家思想的熏陶[3]，认为做学问就是要经世治国。所以他在小说中为自己的颓废进行辩解，将苦闷和失败的原因归结到国家和社会的无能。并且，他发现了日本私小说中关于"我"的不完整性，从而自觉地将"我"作为社会以及阶级的一员来进行描写。如郁达夫在《茑萝行》中就写道："由于社会的组织不良，使我不能得到适当的职业，你不能过安乐的日子，因而生

---

[1] 这里的"恶"是指人类本身在面对各种欲望和诱惑时，即是一种脆弱的存在，而并非是犯罪或者罪恶的意思。
[2] 西方的社会政治学包括理性、人权、法制等方面。而中国儒教的治国理念，如三纲五常则往往是将国家和家庭紧密联系在一起。
[3] 郁达夫出生于没落士大夫家族，九岁就能赋诗，是一位早慧的才子。

出这种家庭的悲剧。"因而可以说，郁达夫的小说实际上弥补了日本私小说所缺失的社会意识。

另一方面，在爱国、自由、民主、科学的号召下，五四运动中的文人们肩负反帝反封建的重任，极度渴望新文化的出现。正因如此，郁达夫等人积极地翻译介绍西方的先进思想和文学作品。如前文所述，郁达夫在留日期间不仅大量阅读了日本的文学作品，还非常喜爱俄国、德国、法国和英国等国家的文学作品。他从现实主义文学、浪漫主义文学和耽美派文学等各个流派中汲取养分，不断提高自己的文学修养。在这其中，他最欣赏的还数浪漫主义文学的作品，其原因在于浪漫主义文学的特征同郁达夫本人的气质以及五四运动的要求最为贴近。浪漫主义文学的主观性要求采用描写人物内心来抒发情感。作者将自身的想法赋予主人公，以抒情的内心独白来表达情感。郁达夫将这种创作手法运用于自己的创作中，通过抒情的描写来表达对国家和社会不健全的不满。所以，郁达夫的自叙传小说实际上在学习了日本私小说的同时，也兼具西方文学和中国传统文学的特征。也正是基于这种传统文化的视角，他通过小说的描写来引起中国青年的共鸣，产生了巨大的反响。

综上所述，两人的小说中存在的不同点的成因，源于其不同的成长经历、文学素养、国情以及传统社会文化。这些都是不同文化中存在的不同深层心理类型。就志贺直哉而言，日本的国情和他的成长经历决定了他不能像郁达夫那样将视野拓宽到社会的制度层面；而对郁达夫来说，中国的社会状况和他自身的文学素养又决定了他不能写出同志贺直哉一样的心境小说来。正因为这些不同点的成因的存在，让两位作家创造出了各具风格的作品。

肖书文　周　佳

太宰治《越级申诉》对《新约》中犹大形象的翻案[*]

在日本文学界,太宰治(1909—1948)被评价为"战后日本文学的金字塔"。《越级申诉》是以《新约》中的《马太福音》和《约翰福音》关于犹大背叛和出卖耶稣的故事为素材所创作出来的一篇"翻案"作品。作者借犹大这一脍炙人口的圣经形象,表达了自己对人类世俗社会通行的一些观念的质疑。太宰治以日本作家特有的"私小说"手法和对人心深处的洞察,细腻地揭示了一个历史上已有"定论"的人物很有可能怀有另一番完全不同的内心世界,揭示了人性的复杂性和无限的可能性,对我们今天走出简单化和脸谱化的狭隘眼光、重新

---

[*] 该文原载于《社会科学论坛》2016年第11期,系由本人对所指导的何明明的硕士论文再加工而成。

看待和评价历史人物,具有重要的参考价值。

一、太宰治的"翻案"作品

太宰治的《越级申诉》是以《新约》中的犹大为素材而创作的一篇"翻案"作品。日语中的"翻案"一词用的是日文汉字,它的直接意思并不一定是中文的"翻案",而不过是"改写""改编"的意思。所谓"翻案",据《日本国语大辞典》的解释,就是"借用本国的古典小说或外国的小说、戏曲的大致情节、内容,对人情、风俗、地名进行改编"[1]。"翻案小说"在日本文学中已构成一种独特的文体,如《太平记》就是对中国的《吴越春秋》的改写[2],还有现代日本人对日本已有的古典作品和外国作品的改写,甚至有人把《三国演义》《水浒传》《西游记》等都改编成了日本小说,这种改编借用原小说的基本框架,但做了随心所欲的改动或置换,例如把《三国演义》中的刘备改成一位少女,让她去和关羽谈恋爱。有的则是对原小说的思想观念整个进行翻案,太宰治的作品中就有

---

[1] 日本大辞典刊行会编:《日本国语大辞典》,第20卷21册,小学馆,1972—1976年,"翻案"条。
[2] 参看孙冬梅、胡志华:《从日本翻案文学中解读日本文化特质》,载《作家》,2009年第5期。

不少是这种"翻案小说"。木村小夜还把太宰治的翻案作品做了一种分类,划分为"典型的"和"非典型的"两类,"典型的"翻案作品就是"东西古典、传说一类的典故出处明显的"作品,"非典型的"翻案作品就是"使用他人的日记或手记之类的隐形素材为基础的"作品。[1]从1940年开始到第二次世界大战结束,五年间太宰治发表的作品多数为"典型的"翻案作品。其中有由西洋文学所改写的《女的决斗》《越级申诉》《奔跑吧梅洛斯》等杰作,还有由日本古典文学所改写的《新释诸国故事》《御伽草子》等作品,以及由中国古典文学所改写的《清贫谭》《鱼服记》等作品。本文所讲的"翻案"作品则强调,不仅仅是把已经存在的作品作为素材加以改写,而且更突出了对原素材中的思想加以颠覆而改变成作者自己的思想这层意思,也就是汉字"翻案"的字面意思。

二、《越级申诉》和福音书的异同

《越级申诉》是对《新约》福音书中的犹大形象的翻案,首先我们从双方的异同点做一个比较,这种比较可以分为文体、故事梗概和人物形象三个方面,福音书的日语译文使用的

---

[1] 木村小夜『太宰治翻案作品論』(和泉書院、二〇〇一)。

是日本塚本虎二的翻译文本。

1. 文体

在《马太福音》和《约翰福音》中，不仅有对事件和人物的客观描写，还夹杂着对话体，都是以第三者（马太或约翰）的眼光来讲述故事。而太宰的《越级申诉》是被称为"告白体"的第一人称小说。第一人称小说是以主人公或者身边的人讲述的形式，一边展开故事情节，一边抒发内心感受。本虎二翻译的《马太福音》中，有这样一段："门徒说，我们这里只有五个饼、两条鱼。耶稣说，拿过来给我。于是吩咐众人坐在草地上。就拿着这五个饼、两条鱼，望着天祝福，擘开饼递给门徒。门徒又递给众人。他们都吃，并且吃饱了。把剩下的零碎收拾起来，装满了十二个篮子。吃的人除了妇女孩子，约有五千。"[1]这里给读者的感觉就只是在描写事情本来的样子。耶稣把五个饼和两条鱼分给了超过五千人的群众，所有的人都吃饱了，如果凡人遇到这种情况，是绝对不可能做到的。但耶稣是神之子，这种奇迹也是理所当然的。

但是，在太宰治的翻案作品中，这个"奇迹"是怎么发生的呢？是通过犹大这个凡人之口说出来的。"我让那个人去

---

[1]『マタイ福音書』（岩波文庫、一九六三）14: 17 — 21。

宣讲教义，私下里向聚拢来的乡民们收取供奉钱，又向村里的财主索要供品。从住宿的安排到日常衣食的购求，都是我在不厌其烦地操办，然而，别说那个人，就连那些笨蛋弟子都从没对我道过一句谢。不但不道谢，那个人还对我每日的默默操劳视而不见，时常狮子大开口地为难我。在我们只有五个饼和两条鱼的时候，他竟吩咐我给眼前一大帮子人分发食物。我背地里实在是想尽了办法，好不容易才总算买齐了他要的那些食物。"[1]犹大说出了这个"奇迹"发生的真相，他不仅要一个人照顾耶稣和弟子们的生活，还要勉为其难地用障眼法帮助耶稣产生"奇迹"。这里的耶稣就不再是神之子了，而变成了一个有私欲的凡人。由于当事人用第一人称揭示这件事的真相，这就与福音书中那种貌似客观的描述完全不同了，不但去除了神秘的色彩，还原成了日常生活，因而更为可信，而且太宰治可以把自己的世俗的感情寄托在犹大的满腹牢骚中宣泄出来。

2. 故事梗概的异同

太宰治的《越级申诉》的故事基本是跟福音书的梗概相一致的。犹大舍弃了原来的富裕生活，离开了双亲，因为敬爱耶稣而一直跟随着耶稣，克服了各种艰难困苦一路协助耶稣传

---

[1] 太宰治『走れメロス』（あかね書房、一九六七）p.116。

教。犹大不仅要照顾耶稣和弟子们的生活,还要在传教之时从人群中收香火钱,从村里的富人那里催缴供品。这之前的内容,两部作品基本是相同的。但从这里开始,就出现了四处不同的地方。

第一处,在《马太福音》中,犹大是由于贪图三十块银币的赏钱而告发了耶稣,那描述十分简短:"十二门徒里有一个称为加略的犹大的,去见祭司长,说:'我把他交给你们,你们愿意给我多少钱?'他们就给了他三十块银币。从那时候起,他就找机会要把耶稣交给他们。"[1]不久,在最后的晚餐时,犹大被耶稣打发出去,直接就去领人来抓耶稣了。而在《越级申诉》中,整篇都是犹大去报告耶稣的所在地时所做的禀报,而且这篇禀报似乎也并不是告密,而被说成是"越级申诉"。按照这种描述,犹大并不是为了三十块银币而出卖耶稣,却只是为了向上级(大祭师和总督)申诉自己在耶稣那里所受到的委屈,得到三十块银元连他自己都感到意外,想要退回,当然最后出于商人的本性还是收下了。

第二处,《约翰福音》中,犹大是想要通过耶稣称王而使自己得到权势才追随耶稣的。但是耶稣的想法是"我的国不在这个世界上"[2],也就是说耶稣不想称王,这使犹大很失望。而在太宰治的《越级申诉》中却完全不同,犹大根本不相

---

1 『ヨハネ福音書』(岩波文庫、一九六三)26:14—16。
2 同上书,18:36。

信耶稣能成为犹太人的王，认为这是骗人的鬼话，他不相信耶稣传道所说的一切，他只是因为敬爱耶稣这个人才追随他的。

"我爱您。其他的弟子们不论如何深爱着您，都不能与我的爱相提并论。我比谁都爱您。"这是犹大对耶稣的告白。

第三处，《约翰福音》中，犹大在收了香火钱之后，总是会偷偷地挪用。后来当玛利亚把香油倒在耶稣头上的时候，犹大说了这样一句话："你为什么不把香油卖掉换钱来接济穷人呢？"然后约翰加了一段评论："犹大这么说，并不是为了穷人考虑，而是身为管账的人，他是个小偷，总是从存钱的箱子里偷钱罢了。"[1]在这里，犹大只考虑自己，是一个利欲熏心自私自利的形象。但这只是约翰这个外人的猜测，并无证据，至于犹大内心究竟是不是这样想的，谁能知道呢？而在《越级申诉》中，犹大同样呵斥了玛利亚："你这样做不就把他的衣服弄脏了吗？而且，这么贵的油你就这样倒掉不觉得浪费吗？你真是太愚蠢了。这么点油就可以换来很多钱，你把油卖掉换钱，把这钱拿去救济穷人，他们不知道会有多高兴。"[2]这里是犹大自己的表述，表明自己是站在耶稣和穷人的立场上说话，没有加上外人的那些猜测。究竟外人的猜测是真的，还是犹大自己的表白更真实，这是无法判断的。

第四处，《约翰福音》中，耶稣在香油事件中是站在玛

---

[1]『ヨハネ福音書』（岩波文庫、一九六三）12：05—06。
[2] 太宰治『走れメロス』（あかね書房、一九六七）p.119。

利亚这边的。这之后,"在吃晚饭的时候,魔鬼已将卖耶稣的意思、放在西门的儿子加略人犹大心里"[1]。犹大为了三十个银币出卖了耶稣。而《越级申诉》中,香油事件完全成为"背叛行为"的导火线。因为耶稣护着玛利亚,于是犹大认为,"那个人,即便只是稍稍动心,他对那无知无识的乡下女人怀有特殊情感这点,一定是没错的"[2]。然后犹大的精神就好像错乱了一样:"那个人抢走了我的女人——不,不对!是那个女人,从我这儿夺走了那个人!——啊,也不对!我说的全是疯话,请您一句都别信!"[3]犹大自己都"搞不清楚"了,最后,犹大出卖了耶稣,但是他说"这才是最适合我的复仇手段"[4]。

这里可以看出,犹大并不是要背叛耶稣,而只是出于嫉妒,因爱生恨,想要狠狠地报复耶稣而已,最终目的是要和耶稣同归于尽。

3. 人物形象

整个故事主要是围绕着犹大和耶稣而展开的,所以主要人物只有犹大和耶稣两个人。对犹大和耶稣在这两部作品中的形

---

[1] 『ヨハネ福音書』(岩波文庫、一九六三) 13:02。
[2] 太宰治『走れメロス』(あかね書房、一九六七) p.121。
[3] 同上书, p.122。
[4] 同上书, p.131。

象，他们的性格和心理，也出现了截然不同的描述。

在《约翰福音》中，耶稣和追随者们经历了艰难的布教最终到达了耶路撒冷。"犹太人的逾越节近了，耶稣就上耶路撒冷去。看见殿里有卖牛羊鸽子的，并有兑换银钱的人，坐在那里。耶稣就拿绳子做成鞭子，把牛羊都赶出殿去。倒出兑换银钱之人的银钱，推翻他们的桌子。又对卖鸽子的说，把这些东西拿去，不要将我父的殿当做买卖的地方。他的门徒就想起经上记着说：'我为你的殿，心里焦急，如同火烧。'因此犹太人问他说，你既做这些事，还显什么神迹给我们看呢？耶稣回答说，你们拆毁这殿，我三日内要再建立起来。"[1]这里是纯客观的描写，丝毫没有提到犹大。

但在太宰治的作品中，这一切都是通过犹大的口说出来的："就这样，那个人进入了圣殿，他从驴背上下来，也不知怎么想的，拾起绳子便一通挥打，推倒了殿内兑换银钱之人的桌子和卖鸽人的凳子，又用那条绳做的鞭子将人家牵来卖的牛和羊通通赶出了殿堂，还对殿内聚集的商人们高声怒吼：'都给我滚出去！别把我父亲的圣殿，当成了你们做买卖的窝！'那个温文尔雅的人居然像个醉汉似的做出了这种毫无意义的蛮横之举，我只能认为他是精神失常了。旁边的人也都惊讶地问他：这是怎么了？那个人气喘吁吁，答得莫名其妙：'你们就是把这殿拆了，我也能在三日之内重建起来！'听到这信口开

---

[1]『ヨハネ福音書』（岩波文库、一九六三）2：13—20。

河的话，就连那些死脑筋的弟子都难以置信地张大了嘴。不过我反正心中有数：总归又是那个人幼稚的逞强了。"[1]耶稣的"怒吼"这一行为在犹大看来是"像是喝醉酒了似的无聊的粗鲁行为"。

在《圣经》原文中，弟子们认同耶稣的这一行为，对圣殿的被亵渎感到忧心如焚，为此还想到了旧约上的诗篇"我为你的殿心里焦急，如同火烧"。犹大也是弟子之一，他与其他弟子一样，都赞成耶稣的正义行动。甚至当耶稣为了向群众证明自己是神之子，说"你们拆毁这殿，我三日内要再建立起来"时，弟子们也深信不疑，因为他是神之子，这么简单的事是做得到的。后来耶稣死而复活，弟子们又解释说，耶稣当时的意思是暗示自己将被处死，三日后复活，所谓"殿"就是指他的身体。但是在太宰治笔下，弟子们对耶稣这种"信口开河的话""都难以置信地张大了嘴"，而犹大则干脆直说了："总归又是那个人幼稚的逞强了。"显然，耶稣把商人撵出宫殿的行为深深打击了商人出身的犹大，自己敬爱的耶稣做出这种轻蔑商人的行为使他非常受伤，向来被看作完美的耶稣这时变成了"粗鲁"的人，"像个醉汉"。这是继香油事件之后另一件对犹大的心理造成恶劣影响的事件。此时的犹大已经认为耶稣"那个人已经没救了"。

然而，在《约翰福音》中，在耶稣最后的晚餐之前，

---

[1] 太宰治『走れメロス』（あかね書房、一九六七）p.124。

"（耶稣）就离席站起来脱了衣服，拿一条手巾束腰。随后把水倒在盆里，就洗门徒的脚，并用自己所束的手巾擦干"[1]。这里并没有提到洗脚的顺序，并且在大谈了一番为什么主人要为仆人洗脚的道理之后，接着就说"你们中有一个人要卖我了"。而在《越级申诉》中，耶稣是首先给犹大洗脚，于是犹大被感动了。"保护我们慈悲的主吧！一生一世追随他吧！——我虽并未将这发自内心的爱的言语说出口来，它们却在我胸中激烈地卷涌翻腾着。我被一种迄今从未有过的崇高的灵性冲击着，灼热的忏悔之泪顺着脸颊潸潸而下。没过多久，那个人也静默无言地、细致地洗净了我的双脚，又用腰间的手巾轻轻将它们擦干，啊，当时的触感……是的，我那个时候大概已见到了天国。"[2]犹大完全忘记了之前的不愉快，在耶稣给自己洗脚的时候感觉到自己见到了天国，甚至差不多想要放弃自己告密的计划了。与之前的"那个人已经没救了"的断言对比一下，可以发现犹大的感情落差非常大，说明他对耶稣的感情的确很深，另一方面也说明他是一个非常感性的人。

就耶稣而言，从香油事件中已可以看出，耶稣是一个非常容易与人相处的人。但在《马太福音》的"山上宝训"中，耶稣更像是一个高高在上的训导者，他以居高临下的口吻说："你们禁食的时候，不可像那假冒为善的人，脸上带着愁容。

---

[1]『ヨハネ福音書』（岩波文庫、一九六三）13：04—05。
[2] 太宰治『走れメロス』（あかね書房、一九六七）p.127。

因为他们把脸弄得难看，故意叫人看出他们是禁食。我实在告诉你们，他们已经得了他们的赏赐。你禁食的时候，要梳头洗脸，不叫人看出你禁食来，只叫你暗中的父看见。你父在暗中察看，必然报答你。"[1]这是站在一个布道者的位置上说的话。

而在《越级申诉》中，这段话是耶稣和犹大在海边散步时随口说的。耶稣见犹大闷闷不乐，便对他说："也承蒙你照顾了。你心中的寂寞，我是知道的。可你这样成天摆张不高兴的脸，却不行。寂寞的时候摆出寂寞的脸孔，那是伪君子的做法。特意以满面愁容示人，只是为了让人了解自己的寂寞。如果真的相信神，那么你即便在寂寞之时，也要若无其事地把脸洗净，在头上涂抹膏油，面带微笑才对。你还不明白吗？即使他人不能了解你的寂寞，在你目所不及之处，你至诚的天父一定能够了解，这不就够了？不是吗？寂寞，是人所皆有的啊。"[2]

同样是教导的话，这里不是以布道者的身份，而是站在朋友的立场说的话，显得那么和蔼可亲，循循善诱，与福音书中的耶稣形象判若两人。由这种亲密的关系我们可以了解到，犹大对耶稣的敬爱之深也是非常自然的。

---

1 『マタイ福音書』（岩波文庫、一九六三）06：16—18。
2 太宰治『走れメロス』（あかね書房、一九六七）p.117。

三、《越级申诉》对犹大内心形象的重构

犹大的感情变化是《越级申诉》整个故事发展的重要的轴线，所以我们首先要分析犹大的感情变化，以此来说明犹大背叛耶稣的内在原因。

如同前面所说，犹大是因为对耶稣有着很深的感情，所以才跟着耶稣传教的。但是，人的感情是会根据事情的变化而发生改变的，犹大对耶稣的感情也是如此。

在《马太福音》中，耶稣把五个饼和两条鱼分给超过五千人，使所有人都吃饱了。而太宰治的作品中，犹大说出了实情，他一个人不仅要照顾耶稣和弟子们，还被无理地要求要创造这个"奇迹"，却丝毫也没有得到耶稣和弟子们的感谢。虽然犹大任劳任怨，即使他们从来不道谢犹大也觉得"没什么大不了"；但终归还是希望能得到他们的肯定的，然而却总是遭到误解，人们认为他这样做是为了钱财。日积月累的抱怨变成了不满，犹大慢慢地"忍不了了，忍耐不下去了"。这之后，当犹大跟祭司长们讲述自己故事的时候，甚至说出"死了也不可惜"的想法。

在香油事件中，太宰治一个字也没有提到贪财的事，却大肆渲染了其中暗含着的男女私情。犹大认为耶稣是爱上了玛利

亚这个无知的女人了，他不能允许自己所爱的人爱上别人。更何况，就连他自己，也有点爱上了玛利亚，由此而在心中产生了双重的嫉恨：既恨玛利亚夺走了他所爱的耶稣，又恨耶稣夺走了他所爱的玛利亚。可见他背叛耶稣根本就不是背叛耶稣的教义，他对耶稣所宣讲的那些话一句都不相信，他的背叛完全是一种情感上的背叛。

在太宰治笔下，耶路撒冷宫殿中耶稣粗暴的行为使得犹大对他更加失望，拿着鞭子呵斥并驱赶商人们，让商人出身的犹大感到羞辱，抑制不住心里的怒火，他断言："那个人已经死罪难逃了，等着他的一定是十字架，毫无疑问"。[1]犹大这么想着，便决心要出卖耶稣了。

当逾越节的晚宴要开始的时候，耶稣给每个弟子都洗了脚。犹大又回想起了耶稣的温柔，突然不想出卖耶稣了。不仅不出卖了，还想要和其他弟子们一起守护耶稣。但是，让犹大彻底下定决心的人还是耶稣。"他低着头，以一种既似呻吟又像啼嘘的苦闷声音说：'你们之中有一个人要卖我了。'弟子们大吃一惊，一齐蹴席而起，围着那个人七嘴八舌地吵嚷着："主啊，是我吗？主啊，是我吗？"那个人像死人般僵硬地微微摇了摇头："我现在拿一块饼给那个人。他是一个极其不幸的人。那个人，真的，不生到这世上来反倒好些。"他意外清晰地说完这句话，便伸手拿了一块饼，准确无误地塞入了我的

---

[1] 太宰治『走れメロス』（あかね書房、一九六七）p.125。

口中。[1]在弟子们面前被戳穿秘密的犹大感到"说是羞耻更觉得憎恨"。犹大的心理历程经历了恶—善—恶的动摇，使我们了解了犹大无法消除的自卑感，永远无法成为耶稣那种人的绝望，以及想要独占耶稣的正直和美却又忍不住要玷污的复杂感情。

爱与恨是相互排斥又相互依存的感情。从不同的角度来看，爱可以变成恨，恨也可以变成爱。这里暂且把作品中犹大对耶稣的感情定义为爱。

在太宰治的作品中，犹大有自己上了年纪的父母和一个温馨的小家，村里种了很多桃树，到了春天还可以去赏桃花，但是他抛弃了这一切而跟随了耶稣。"但是只有我知道！只有我知道跟随您得不到任何好处。即便如此，我仍无法离开您。"[2]明知道得不到什么好处，却还是要抛弃安定的生活的犹大，到底是怎么想的？犹大说自己"不相信天国，也不相信神"[3]，那他参加布教的理由就只有一个，那就是耶稣这个人。"我觉得那个人很美。在我看来，他像孩子般地无欲无求。我为了每日的面包拼命积攒钱财，他转眼便将这些钱一厘不剩地浪费尽了。可是我并不怨恨。因为那个人很美。"[4]这里的"美"不是指外貌，而指的是"人品"。犹大

---

1 太宰治『走れメロス』（あかね書房、一九六七）p.130。
2 同上书，p.117。
3 同上书，p.118。
4 同上书，p.116。

多次提到"像孩子般无欲无求""那个人很美"这类的话。

虽然心里不满，犹大只要稍微跟耶稣说说话，马上就能被他感动。"听着这些话，不知怎的，我很想放声大哭——不，即便我不能承蒙天父垂怜，不能得到世人的理解，只要您一个人能够了解，就足够了！我爱您。不论其他弟子们如何深爱着您，他们的感情都无法与我的相比。我比任何人都爱您。"[1] 尽管耶稣给犹大分配了相当艰难的工作，并且从来没有半句夸奖，犹大还是认为"要是偶尔能对我说上句暖心话也好啊，可是那个人从来只会恶意地驱使我"。跟敬爱的耶稣谈话之后，犹大产生了想放声大哭的念头，并向耶稣表白自己比谁都爱他。这里应该注意犹大所使用的敬体与简体的区别。犹大使用敬体的对象不是祭司们，而是耶稣。整个作品中，犹大在对耶稣说话的时候就会一律变成敬体。照理说，犹大虽然是耶稣的弟子，但既然决定了背叛耶稣，也就没有必要再在心里继续使用敬体了。但犹大丝毫没有改变这种语言习惯，特别是犹大多次用敬体强调自己"爱着"耶稣，说明犹大是真的从心底里尊敬和爱戴耶稣的。

在《约翰福音》中，以施洗者约翰的口吻这样来评价耶稣："这等人不是从血气生的，不是从情欲生的，也不是从人意生的，乃是从神生的。道成了肉身，住在我们中间，充充满满的有恩典有真理。我们也见过他的荣光，正是父独生子的荣

---

[1] 太宰治『走れメロス』（あかね書房、一九六七）p.117。

光。约翰为他做见证，喊着说，这就是我曾说，那在我以后来的，反成了在我以前的。因他本来在我以前。从他丰满的恩典里我们都领受了，而且恩上加恩。"[1]《约翰福音》中，耶稣真的是神之子，所以耶稣什么都能做到，犹大也相信耶稣的能力并追随他。但太宰治笔下的犹大并不相信这一点。

《越级申诉》中有这样的一段话。"他好像觉得自己无所不能，急不可耐地想要证明给世人看呢。笑话！人世间可不是这么回事啊！既然活在这世上，便怎么也免不了要向谁卑躬屈膝，继而一步一步，压榨着他人辛苦攀爬，除此之外别无他法！那个人到底做得了什么？他什么都做不成！我看他不过是个乳臭未干的小鬼罢了。要不是有我在，他和那帮愚蠢无能的弟子们，一定老早就倒毙在哪块荒郊野地里了。"[2]犹大认为如果没有自己，耶稣和其他弟子们可能都活不到现在，他认为自己处在了这个布教团队中的重要位置上。但是他没有得到相应的重视，特别是耶稣的轻视在犹大眼里就是"嘲弄""轻蔑"甚至"傲慢"。越是把别人看得重要，对别人的感情就越容易变得复杂，心也更容易受伤。

犹大的处世之道是，想在这个世界生存下去，卑躬屈膝、"低头"是必需的，但是耶稣不需要。因为他是神之子，为了让别人看到自己什么都能做到，必须"抬头"。犹大也意识到

---

[1]『ヨハネ福音書』（筑波書房、一九六三）1: 13—16。
[2] 太宰治『走れメロス』（あかね書房、一九六七）p.115。

了自己与耶稣的不同，同时也深深感到自己的不足。即使感到不满或愤怒，跟随了耶稣自己也会有所改变，犹大也许是这么想的。

如果犹大把自己和耶稣放在平等的位置上，就会觉得不满或愤怒的时候应该直接告诉耶稣。但他没有这么做，他把自己和耶稣放在上下两个位置上。耶稣在上，犹大即使不满愤怒也会自己忍耐。而且，犹大敬爱着耶稣，所以希望耶稣能主动理解自己的犹大无法对耶稣说出要求他关注自己这种话。犹大对耶稣的爱是复杂深刻的独占之爱，与之相对的，耶稣对犹大的爱是对所有人都相同的平等的爱。这两种感情完全不对等，犹大也就一直仰视着耶稣。

由于长时间处于这种不对等的关系中，犹大内心的自卑感淹没了他，慢慢变成了自暴自弃。正是预测到自己最后什么也得不到，所以他最终选择了极端的手段。

在太宰治笔下，犹大曾劝说耶稣停止布教活动，跟自己回家乡一起生活。犹大只考虑到了自己，所以是"独占的爱"，是人间世俗的爱；而耶稣考虑的是普天下的人类，要爱一切人，所以拒绝了。犹大总是说着这样的话："我爱他"，"如果那个人死了，我也去死。那个人，不属于任何人，只属于我。如果要把他让给别人，那在给别人之前，我就先杀掉他好了。"[1]犹大把耶稣物化成了自己的东西，如果得不到他，就

---

1 太宰治『走れメロス』（あかね書房、一九六七) p.118。

要毁灭他。

  是什么导致了这个悲惨的结局呢？犹大虽然很不满，却一次也没有跟耶稣说明过。而且，"我与那个人平心静气交谈的机会，前前后后就只有那么一次，自此以后，他再也不曾向我敞开心扉"。[1]犹大自认为在团队中是个重要角色，"说起来，迄今为止，我帮助那个人'创造奇迹'，充当他那些危险魔术的助手都不知有多少回了。单从这点来看，我也绝不是个吝啬的人。不但如此，我还是个相当有情趣的人"。[2]从这里可以明白，犹大自视甚高。所以即使他渴望耶稣对他的关怀，也无法自己去向耶稣讨要。犹大一直在等待耶稣的爱。也许想着自己这么辛苦的劳动，总有一天耶稣会发现并主动关怀自己吧。一起度过的时间越久，耶稣对犹大的态度一直不变，犹大就越感到焦虑不安。在犹大看来，"那个人瞧不起我，憎恶着我。我被他讨厌了！我照料着他和弟子们的生活起居，把他们从日日的饥渴中解救出来，为什么他还要那样恶意地侮蔑我呢？"[3]

  香油事件中，耶稣庇护了玛利亚，还说："今后你们不论到哪里去传讲我这短短一生的事迹，都务必要提到这个女人今日所为之事，以作纪念。"[4]犹大听到这句话后无名火起，

---

[1] 太宰治『走れメロス』（あかね書房、一九六七）p.118。
[2] 同上书，p.116。
[3] 同上书，p.119。
[4] 同上书，p.120。

自己居然败给了这样一个"没脑子的女人"。至少玛利亚还能因为香油事件永远在故事里跟耶稣在一起，而自己却什么都得不到。于是，"自那以来就有了这样的想法：干脆由我来杀了那个人。反正他早晚都会被杀的。那个人自己也会时不时、莫名其妙地表现出想促使自己被杀的倾向。那么就由我来杀死他吧。我可不想假他人之手来杀他。杀了他以后我也死。大人，我这么哭哭啼啼的可真丢脸，是，不哭了。"[1]绝望了的犹大开始考虑杀死耶稣，既然耶稣最后总是要死的，不如自己来杀死他，这样自己也可以永远和他在一起了。"杀了他以后我也死"证明了犹大对耶稣的爱并没有消失，只是他已经绝望了。

由以上分析我们可以得出这样的结论：在太宰治笔下，犹大对耶稣的背叛既不是对信仰的背叛，也不是对教义的背叛，而是一场情感的悲剧、爱的悲剧。犹大从绝望的求爱到独占的爱的幻灭，最后因为自我厌恶而寻求毁灭，把出卖耶稣当作是自己的任务。"我要出卖那个人，痛苦的立场哪！谁能理解我这纯正不二的爱的行为呢？不，即便没人理解也无妨。我的爱是纯粹的爱，并非为了他人的理解而存在的，并非那种污秽的爱。我将招致人们永久的憎恨吧？然而，在这纯粹的爱的贪欲面前，不论是严刑峻法还是地狱的业火，全都不成问题。"[2]现在的犹大已经对得到耶稣的理解不抱希望了。既然你不相信

---

1 太宰治『走れメロス』（あかね書房、一九六七）p.122。
2 同上书，p.126。

我,那我就让你去死,反正最后都是要死的,不如我们死在一起吧。抱着这种想法,犹大进行了绝望的报复。《马太福音》上说,犹大见耶稣被判了死刑,便把三十块银元交还给祭司长和长老,自己首先上吊死了,这似乎更符合太宰治的解释。

四、太宰治《越级申诉》的思想背景

根据上面的分析,《越级申诉》中的犹大有种二重人格的心理变态倾向,实际上也是太宰治自己的人格倾向。太宰治笔下的犹大形象基本上就是太宰治本人的形象。这种倾向是如何造成的呢?这首先与太宰治的童年经历有关。

太宰治幼年时期,家里有十个孩子,他排行第十,上有五个哥哥(有两个夭折)、四个姐姐。他家是青森县的资产阶级家庭,不但兄弟姐妹众多,家里佣人也不少。从3岁开始,太宰治就是被14岁的小保姆带大的,这期间完全见不到母亲的踪影。太宰离开津岛家之后,母亲就更少在他面前出现了。

在他的《人间失格》中有这样一段话:"年幼之时,于我而言,最痛苦的时刻,莫过于在自家用餐的时候。在乡下家中,每逢用餐,全家十余人的餐盘都分成相对的两列排开。身为幺子的我，自然坐在末座。用餐的房间光线暗淡，午饭时，十几位家人默默坐在桌前扒饭，这光景总是让我不寒而栗。"[1]

  对于普通人家来说吃饭的时候是一家人欢聚并交谈的时光，而太宰治在这个家里完全没有体会到这种家庭的欢乐就度过了自己的幼年时期，显示了恶劣的亲子关系。为了给父母对自己的冷漠找理由，太宰就变成了"坏孩子"；另一方面为了讨父母的欢心，太宰又要表面上扮演一个"好孩子"的角色，这就产生了二重人格。"多重人格的原因可以认为是幼年时期的冲击性体验。根据调查的案例，这种冲击一般都是虐待儿童的行为，包括身体上、情感上等广义上的虐待。……感情虐待指的就是不接触对方的身体，伤害孩子的行为。"[2]为了适应生活而产生的两个自己，导致了太宰治之后精神不安而且懦弱的性格。不同情况下太宰治的人格会分离，会产生同一性障碍，这导致他出现许多症状，如与人交往时非常不安、自己伤害自己，吸毒等。太宰因为无法得到父母的爱，而从心底否定自己，在厌恶自己的情况下，两个人格纠缠、冲突，无法达到统一。因为幼年时期没有得到过充分的爱，所以对太宰治来说，如果有救赎的话，那就是无条件的爱。这种"无条件的爱"正是在《越级申诉》中的耶稣对他人无条件的爱上反映出

---

[1]『日本の文学　太宰治』（中央公論社、一九六四）p.393。
[2] 服部雄一：『多重人格　知られざる心の病の真実』（精興社、一九九五）p.40—42。

来了，所以犹大被"无条件的爱"的化身耶稣所吸引，并由于不能独占这种无条件的爱而走上了自我毁灭的道路。可见这个作品在一定程度上反映了太宰治从小所隐含的对爱的渴望。无法得到父母无条件的爱，促使他在自暴自弃的泥潭中越陷越深。

1930年4月太宰治因为对法国文学感兴趣，于是进入了东京帝国大学的法语系，受到工藤永藏的影响参加了共产党的活动，并约定每个月给工藤一定的活动经费。同时他遇到了一直非常尊敬的井伏鳟二，并拜他为师。银座的女招待田部遇到太宰后，与他很投缘，于是同年11月28日，两人一同在镰仓的海边企图自杀。29日一早被发现的时候，田部已经死亡，太宰治被送去了疗养所。这件事给太宰治带来了巨大的罪恶感，在《道化之华》中，太宰治是这样记述的："是我用这双手把阿园沉入水中的。因为我那恶魔的傲慢，所以才会祈求就算自己没死，至少阿园也要死。"[1]《道化之华》是以江岛附近的海岸边发生的男女情死事件为题材的作品，男方还活着，而女方死了。在小说中，死去的女性名为园，两个人是一起跳进海里的，而实际上，是两人在海岸边的岩石上喝了安眠药。这个园的原型就是田部。

1931年1月27日，太宰治和小山初代结婚，趁着这个事，太宰治的哥哥关于原籍迁移、今后的生活费等事情写了一个很

---

[1] 太宰治『太宰治』（河出書房、一九六八）p.38。

详细的协定。内容里规定了直到昭和八年大学毕业为止，长兄每个月负担太宰的生活费120日元；但如果受到学校的处分、被刑事起诉或者是浪费钱款的情况下会减额。在这个减额规定中有一条为"参加社会主义运动或者是给予社会主义者金钱或其他物质援助"[1]。太宰治的行为在大地主家长兼地方保守派政治家的哥哥眼里一定是非常严重的问题。同年2月开始，太宰治不去上学，开始写小说，另一方面又加入了东大的反帝学生联盟，太宰治的房子也因为工藤的请求用来开展非合法运动。之后太宰治在短时间换了多次住处，这期间还藏匿工藤避开特高课搜捕。10月下旬到11月上旬，因为太宰治的房子成了左翼运动的联络点，太宰治被警察局传唤，拘留一晚并接受调查。由于违反协定，长兄决定停止给他生活费。于是太宰治收到了长兄寄来的中止寄费的家信，要求他去青森警察局自首，并发誓完全脱离左翼运动。7月中旬，由于对左翼运动失望，太宰治去青森警察局自首并脱离左翼运动，学长工藤也于昭和六年9月以违反治安维持法的罪名被逮捕。对太宰治来说，共产主义是对自己的家庭和之前的回忆的完全否定，而现在则意味着太宰治要回到并不想面对的家庭和不愉快的回忆中。同时，作为年轻人的太宰治通过这个事件也接触到了社会的很多黑暗面，对他来说这是一次非常幻灭的体验，他所受到的冲击以及他内心的自责是无法估计的，加深了他对人世的绝望。

---

1 東郷克美『太宰治の手紙』（大修館書店、二〇〇九）p.18。

1936年2月10日，太宰治因为药物中毒而被送进医院，在佐藤春夫的建议下，住进了佐藤的弟弟所在的医院。太宰治在住院期间仍然继续饮酒和注射药物，在没有完全治好的情况下于23日出院。10月13日，又住进了井伏鳟二所推荐的武藏野医院，这次的住院经历在主治医生中野嘉一的笔下是这样的："刚住院当晚就想要逃走，就把他从开放的病房转移到了带锁的病房。一整个周都冷静不了，还用铅笔在壁纸和窗户上乱涂乱画，写了些非法监禁、虐待、欺诈、骗子之类的字眼。"[1]也许是药效和忍耐起了作用，太宰治克服了这些严重的症状，在11月8日根治了药物中毒。在给鳍崎润的信中太宰写道："住院的时候我只看了《圣经》，关于这个我有很多话想跟你说。"[2]在这期间，妻子初代和小馆善四郎通奸被发现，当年6月10日，太宰治与初代离婚。

　　药物中毒事件中，太宰治并不想去医院，是井伏鳟二实在无计可施强迫他入院的，他人的关心在太宰治看来是"虐待""背叛"。之后被自己的妻子背叛，太宰治受到了非常大的打击，这里有一点需要注意的是太宰在这段时间内每天都在读《圣经》。药物是有依赖性的，根治了吸毒症状的太宰治需要找个东西来寄托自己，于是选择了《圣经》。

　　如果要考虑与太宰治《越级申诉》的关系，田部的死可

---

[1] 中野嘉一『太宰治―主治医の記録』（宝文館、一九八八）p.13。
[2] 東郷克美『太宰治の手紙』（大修館書店、二〇〇九）p.144。

能使太宰治加深了关于罪恶的认识，但是与"背叛"这个主题关联不大。他在《狂言之神》中有这样一句："我一个人逃了，……作为背叛者我等待着严酷的惩罚。"《时尚童子》中的主人公也说过："少年背叛了左翼运动，他自己在自己的额头上印下了卑劣的人的印记。"[1]太宰治自己把"左翼运动"与"背叛"相结合，把自己放在了背叛者的位置上。虽然不能说左翼运动是创作《越级申诉》的根本原因，但也是有很深的渊源的。从这里也可以推测出太宰治把自己等同于犹大，而共产主义等同于耶稣。对于太宰治来说通过离婚事件他切实尝到了背叛的滋味，也从别人的背叛行为中体会到了别人的苦恼和辛苦。

结语

太宰治《越级上诉》对《圣经》中犹大形象的改写，如果仅仅停留在一个非基督教徒对基督教圣经故事的颠覆这种宗教意义上来看待，那就未免把作者的意图理解得太表面了。实际上，作者不过是借犹大这一脍炙人口的圣经形象，来表达自己对人类世俗社会通行的一些观念的质疑。人们一般从表面社会

---

1 太宰治『走れメロス』（あかね書房、一九六七）p.112。

效果评价一个人的行为，太宰治却以一个日本作家特有的"私小说"手法和对人心深处的洞察，细腻地揭示了人物可能怀有另一番完全不同的内心世界，揭示了人性的复杂性和无限可能性。作者作为一位"颓废派"文学的代表人物，他的这种反潮流的心态表达了一个真实的道理，就是哪怕是被"千夫所指"的反面人物，也可能有丰富的内心，有值得同情和理解之处，不是可以用一个"坏人"的概念来简单化地加以处理的。推广开来，作者也为我们看待历史人物提供了一个可贵的视角，这个视角是只有通过文学才能展示出来的，它往往能够穿透历史资料的表面而暴露出人性的真相。这就是我们从太宰治这篇小说中所得到的启发。

肖书文　何明明

后 记

1988年，我本科毕业于武汉大学日语系，毕业后，虽然任职的学校不在武大，但仍然和我先生邓晓芒住在武大的宿舍区，一直住了30多年。每年的3月，武大最热闹的一件事就是观赏樱花，全国各地的校友们以及慕名而来的游客们，都将樱花大道和樱园挤得水泄不通，半个月左右的樱花节，总计有超过100万人光临校园。每当此时，最明智的办法就是避开高峰，或是清晨时分，或是夜阑人静，带着孩子到樱花树下走一走。最为印象深刻的是4月初的晚花时节，地上已经是一片落英缤纷了，头上还在雪片似的不断往下飘落，好像生怕赶不上趟一样。曾经读过美国人本尼迪克特的《菊与刀》，我倒觉得用樱花来代表日本人的民族性格可能更贴切，她象征着日本人内心深处一种"物哀"式的人生观。

现在，我在高校教日语（包括日本文学）也已有将近30年了，这本小书里面所收集的，大都是这些年来在日本文学的课堂上给本科生和研究生们讲过的内容，从讲稿整理而成的文章，还有三篇是我对自己指导的日本文学的硕士论文加工而成的。冥冥中我总感到，这些文字与武汉大学的樱花、与樱园有某种神秘的联系。每当我看到樱花盛开，我都在琢磨其中蕴含的深义，体会那种异域的文化精神，就像我读日本文学的作品，总不满足于表面的故事情节，而要进入到里面的思想性一样。这也算是我对这些作品的分析和评论的一点特色吧。其中有些观点，似乎并没有人这样说过，是非得失，还望方家予以指正。

肖书文

2016年12月20日